奇幻冒险小说

三万信 著

秘境
萨拉乌苏

上海三联书店

萨拉乌苏：中国的"伊甸园"

——序贺鹏飞《秘境·萨拉乌苏》画册和小说

　　世界著名的萨拉乌苏地质遗址位于内蒙古鄂尔多斯乌审旗无定河镇萨拉乌苏村。它起始自旧石器时代，揭示了迄今 7 万年至14 万年前的"河套人"产生的奥秘，当年我率领无它的孩子们徒步行走在这"人间仙境"般的历史遗迹时，一股思古之情油然而生，真有"可怜无定河边骨，犹是春闺梦里人"的感觉。

　　在萨拉乌苏遗址附近还有一个鄂托克旗野外地质遗迹博物馆，位于鄂尔多斯高原西部鄂托克旗查布苏木境内，总面积 7700 公顷，其中核心区面积 21 公顷，缓冲实验区面积 7679 公顷，主要保护对象为区内分布广泛的多种类型的恐龙足迹和骨骼化石等。鄂托克旗恐龙足迹化石及古脊椎化石是一种罕见的自然地质遗迹，其典型性、稀有性及代表性十分突出，区内化石种类之多，数量之大，分布面积之广，在国内外实属罕见。

　　萨拉乌苏的代表性动物是披毛犀，而当地更多的是恐龙化石。恐龙，作为中生代的一个物种，曾经统治地球 2.6 亿年，顽强地经历了地球"三纪"的历史变迁，却在 6500 万年前无端消失了。恐龙的故事不仅具有传奇色彩，不断地被我们在影视作品中演绎和传播，而且在生物学和考古学方面不断被研究挖掘，充分激发了人类的好奇心和想象力。

当你身处萨拉乌苏时，会一下子点燃所有激情，渴望通过地质锤砸开地质遗迹的沉积岩，希望发现宇宙和历史的蛛丝马迹，从而找到打开人类生命起源和地球起源密码的钥匙。

著名自然主义画家贺鹏飞先生在出版了《山海经》画册以后，在中国美术界一鸣惊人。在他寻找新的绘画题材过程中，我向他推荐了家乡萨拉乌苏。这里充分激发了他的好奇心和创作欲，使他用近两年的时间完成了近百幅作品。他创作了如此多有关萨拉乌苏和披毛犀的系列作品，绘画水平又登上了一个新的台阶，可喜可贺。

萨拉乌苏遗址是国际考古学界的"热门"话题，受到了法国人类学大师德日进等人的青睐和推崇，我誉之为"中国的伊甸园"。这里有许多远古传说和神话故事，堪与《山海经》媲美。这不仅大大激发了人类探寻远古源头的好奇心，还留下许多有关披毛犀和人类原始生活的神秘想象。作为美术创作，神话与信仰的题材不仅在古代具有特殊的魅力，而且依然是现代画家心目中神奇的向往之地。这类题材可以让艺术家们妙笔生花，天马行空，自由地展示自己的想象力和艺术天赋，同时也可以融入人性的风采，建立自己独特的绘画风格。正如绘画大师毕加索所言："我从不画真实的东西，我只画我想象的东西。"正是在这种观念的引领下，美术界才产生了塞尚、凡·高、马蒂斯、莫奈等一流艺术大师的经典创作。

只有怀有一份对艺术的真挚虔诚和对人类命运的热切关心，才能充分打通艺术、历史以及现实的真正界限。鹏飞的创作激情永不枯竭，也没有让所有爱美的眼睛失望，他的有关萨拉乌苏的新创作，不仅为我们奉献了新奇的视觉盛宴，也让我们去深度思考美好人生的奥秘，从而表达出宛如英国大诗人约翰·济慈在其著名诗篇《恩底弥翁》的第一行诗中所咏唱出的那种感受——

> 美的事物永远是一种快乐，
>
> 它的美妙与日俱增；它绝不会
>
> 化为乌有……

衷心祝愿鹏飞的作品能带给他所有读者震撼内心的艺

术享受和审美愉悦，也祝愿他的萨拉乌苏新作系列能真正地走向世界。

是为序，与兄弟鹏飞共勉。

无它创始人　贺雄飞

2022年6月9日于呼和浩特

目 录

楔
子

月白知道自己会死，但是没想到会死得这么早，这么惨。

他们月氏一族传承上千年，世代生活在萨拉乌苏河流域，以牛羊为伴，与河川共舞，任岁月轮转，风沙磨砺，只是后继乏人，传袭到现在，也只剩下了他这最后一个后人了。

而他从小就被视为神棍的父亲告知，自己必会死于非命，原话好像说是命运多舛，月氏这一脉很有可能就会断送在他这里。而他的父亲是突然消失的，在被邪灵缠上之后。所谓邪灵，因怨而生，以魔雾为形，与诸神为敌，遇强则强，遇刚则刚，正是他们族人生生世世的死敌。

月白没有继承他父亲神棍的衣钵，只是没有一技之长也就算了，却又继承了父亲穷鬼的身份。他十六七岁的年纪，身形单薄瘦弱，脸色略显寡淡，显得有些气血不足，浑身上下只有一张脸长得还不错，虽苍白却清秀，但也掩

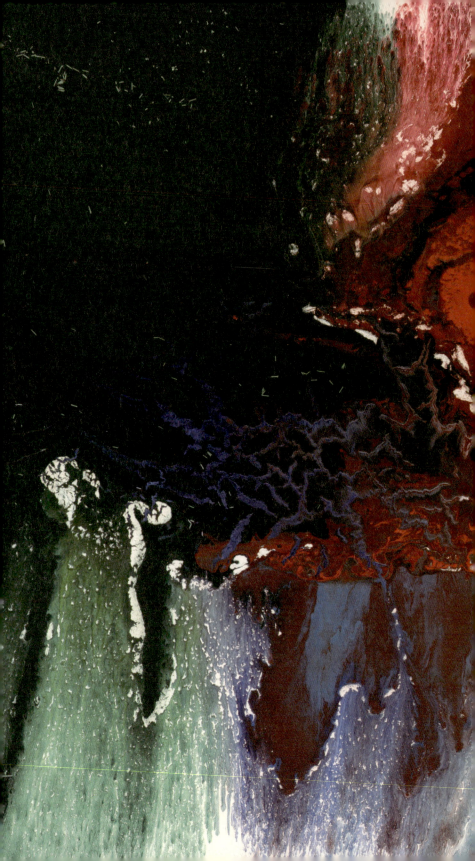

盖不了穷酸潦倒的气质。

这一晚午夜时分，他结束了兼职，走出便利店。此时小镇的街道空无一人，微风袭来，细雨如织。他没有伞。

街道的拐角处，月白躲过迎面冲来的摩托车，脚下却踩到了一处塌陷，脚踝也跟着一阵刺痛，直接跌坐在一摊水洼中。他下意识地高高扬起手中的袋子，心想：还好还好，今天的夜宵还有着落。嘴角那一丝笑容还没收回，他就感觉一阵微寒，纷纷细雨声渐渐变大，雨珠簌簌地落了下来……

月白赶紧忍痛爬起来，一瘸一拐地穿过街巷。脏乱的小巷深处传来两声凄厉的猫叫声，显得异常的诡异。紧跟着一个黑影一蹿而过，带着一丝冷风，消失在无尽的黑暗中。他并没有放在心上。

破败的居民楼今夜格外的死寂，月白瘸着腿，忍着疼，摸黑上了楼，一如往常地开灯开电视。电视画面一闪而过，刺啦一声响，瞬间雪花闪动，月白弯腰的身影顿住了。头顶的灯闪烁了一下就灭了，他的眉心无端发烫，像是一块烙铁嵌入颅骨，渗透进他的灵魂。与此同时，室温骤然降至冰点，黑雾与暗夜融为一体，无处不在。

那一刹那，他脑海里闪过无数个念头。今晚没有月亮，以至于他忘记了此刻正是至阴之日，极阴之时。

父亲失踪后，他眉心就时常灼痛，好似预示着什么一般。那种袭上心头的冰凉的危机感也不是一天两天了，但他没有父亲的神通手段，以至于他也忽略了被盯上的错觉。

"刺——"电视的声音彻底沉寂，月白的身体开始渐渐僵硬。在意识消散前，他恍然见到有一只黑雾形成的手从他脑袋里取出了一颗发光的石头。

突然，银光迸闪，光华将月白的身体笼罩其中，黑雾还没来得及拢住那颗光石，周围的一切就都化为虚无，只有半空中传来一声诡厉的嘶语："啊……月魂石……"

卷一　逆转

一

月白醒过来的时候，头如中锤般剧痛，整个人还有点浑浑噩噩，眼前所见宛若幻境，他一时错乱了神志。微风抚过他脸颊，仿佛此前午夜深巷里拂面的雨丝。极目远眺，长河浩瀚，蜿蜒回折，碧水连天，绵延千里。原野间葱郁繁茂，飞鸟遨游，走兽成群，这场景瑰丽绚烂，似真似幻。心旷神怡之感让他想起了儿时与父亲一起乘马驰骋的草原。这一刻，他的躯体如化作了万物生灵，自由遨游于天地间，如同回归母体一般的安宁。这不就是萨拉乌苏河吗？那条植入他脑髓、印入他灵魂的祖先河。

直到月白发现那伫立在他身侧的身影时，着实被吓了一跳。那是一道几近透明的身影，长发迤逦，侧脸似工笔画描摹般流丽，那人转过脸时，月白竟一时失神到无法言语。

不只是因为那难以形容的靡颜腻理，更是在对上那双空泛的眼眸时，有一种来自灵魂深处的熟悉感袭上心头。

"你醒了？"

月白有点好奇地应了一声："嗯，你……你是？"

那人淡淡一笑："这是你的梦境。至于我，日后相聚你自然会知道，我不过是来指引你逆转命运的。"

月白更加疑惑了，只见那人的手指缓缓落在了他的额头上。好似波纹触动一般，无数画面从他脑海中闪现，自千万年前到今天的无数命运轮转，他最终都逃不掉命运的捉弄，都会遭遇横死的惨烈结局。月白恍惚见到了千般面目，万般死状，漫长的回溯一时让他许久都没有反应过来。

"这些，都是你。"那人冷淡的声音传入他耳畔，"你魂魄残缺，以至于灾厄缠身，若是你无法逆转命数，寻得机缘修复三魂七魄，等待你的也只会是消亡。这枚月魂石是上古神器，可助你转换时空、寻得残魂，切记秉持本心，潜心修行，望你早日破除迷障，修成大道。"

就见眼前那人抬手催动灵力，月白只觉额间一阵灼痛，梦境破碎，他跌入一片混沌中，而那人近乎透明的身影也渐渐消失……

二

月白猝然惊醒，他睁大双眼，大口喘着气，那种冰冷的窒息感依旧缭绕在他心头。那晚与邪灵对视的一瞬，他至今仍感到整个灵魂都被彻骨的阴寒与怨戾缠绕着。

从他死亡的那一刻起，一切都变得光怪陆离起来。如果他猜得没错，月魂石作为转换时空的法器，一直嵌在他体内，他和父亲都是被追踪前来的邪灵虐杀，死前那一瞬间，月魂石将他现世的灵魂带入了梦境。

而梦境中的神秘人，更是令他有一种说不清的亲切感。如果那人所言非虚，那他一直以来这么倒霉也不是没有原因的，他的魂魄或许真如那人所说，残缺散落在不同的时空，只有穿梭时空，寻得散落的残魂，才能扭转命运，打破这个魂消魄丧的魔障。

只是要拼凑残魂又何其艰难。记忆回溯中，他就没有一次不是死于非命的，而且是魂飞魄散的惨死……

突然，他的脸颊上传来濡湿的触感，急忙连滚带爬地挪开。难怪他神经衰弱，实在是被折磨得不轻。

只见草地上耸动的是一团毛茸茸的活物，长得稀奇古怪，似犬非犬，鼻端顶上还长了两只小小的角，见他躲开，还憨憨地凑过来嗅了嗅。他抬手一抓，就揪住了毛团的皮毛将它拎到了眼前。他上下打量了一番，就听它发出了两声怪异的叫声，月白面露疑惑："怎么还猫叫起来了？这是什么怪物？"

他打量了一下四周，这是一处异常眼熟的狭长河道，河水清澈涤荡，穿梭于山谷之间，不远处森林繁茂，起伏的山峦蓊蓊郁郁，若他没看错，这里应该还是萨拉乌苏的地界。这条河流，似融入他骨血般，他再熟悉不过了。

不远处躺着一具鸟尸，被血色浸染了。月白爬起来时还感觉力竭，像是熬了三天三夜般。他喘了两口气，走过去查看时，发现是一只长着翅膀的怪鸟，长相狰狞还有点像他在电视上见过的恐龙，估计是什么变异物种。显然原主是经过一番厮杀才杀死了这怪物，他拔出怪物体内的骨刺，发现还挺趁手的，擦干净血迹，就顺手别在了腰间。

这时，他顺势瞧了一眼自己这身装扮，一身兽皮遮盖，不禁眼前一黑，他该不是穿越回了什么原始部落吧？

事实证明他猜得没错，就在他逗弄着不断黏过来的小毛团时，不远处传来了窸窣的脚步声，走过来两名衣不蔽体的少年，只在腰间围了树叶。

他们俩对他叽里呱啦地说了几句，月白一时没反应过来："你们说什么？"不料他嘴里吐出的也是叽里咕噜的一句话，他还没来得及震惊，就见对面的两人不怀好意地打量着他。

"就你这废物也想拜入蓐收巫祖门下？"身材略魁梧的少年走了过来，"我警告过你吧？别再出现在我的眼前。"他盯着错愕又茫然的月白，脸上闪过一丝恶笑，抬手就将他推了一个趔趄。

月白只觉脑袋里一阵眩晕，这一世的见闻往事瞬间将

14

脑海充满，此时此地此情此景，在他脑中幻化如梦。他记起自己是月氏部落一个不想再任人欺负的孤儿，因此才要去往芒山试炼寻宝，以求拜入巫祖蓐收门下。而面前这两人让他意识到自己已处于极险之地，他们是自己的死对头，戚亥逐尾，平常以欺辱他为乐。

另外一个黑皮少年名叫逐尾，也是月氏族人，这时也围了上来，不经意间瞥见月白怀里嗷嗷叫的毛团，伸手将它揪了出来，小兽发出了低吼声，似有威胁之意，一口就咬住了他的虎口。

"啊，该死的披毛犀！"逐尾的脸上闪过阴狠，小家伙因为他反射性的松手而摔落在地，他抬起脚就踹了上去，因力道过大，将它踹入了河水中。

"毛团！"月白躲过当面砸来的一拳，冲着河谷看过去，只见被踹入河水中的披毛犀奋力扑腾了起来，就在他松了一口气时，小家伙却被湍急的河流给冲走了。

"小杂种，凭你也配跟我们争！"月白被逐尾摁进了河水中，头发被拽了起来，他大口喘着气，还有一股气憋在他心口，被郁愤、不甘与怒火堵得心口发疼。耳边传来恶意又嘲弄的声音："不是想当巫师吗？那你就去见巫祖吧！"

月白眼前一阵发黑，冰冷的河水令他感到窒息，陡然他抓住了石块，拼死聚起了一股大力挥向身后，尖锐的

石块划伤了逐尾的眼睛，凄厉的惨叫传来："戚亥，我的眼睛！"

旁观的戚亥一惊，只见逐尾捂住了血流不止的眼睛。他扭头见月白想逃，陡生杀意，一把钳住了月白的肩，手中的短刺凿向他心脏，他的力道顺着风力，瞬间令月白毛骨悚然……

三

"砰！"戚亥的手腕被石头打偏了方向，短刺擦过心口，月白一个激灵，连滚带爬地躲了开来。

"戚亥，你想要杀人吗？"一声散漫又低沉的男声随风传来，月白转过头时，微微一怔。

来人身量高挑，眉眼恣意，长发被编成了一簇发辫，比起月白几人寒酸的衣着，他算得上是衣饰华美了，毕竟就连他脖颈上挂着的月牙骨饰都不是凡品。

"是你？"逐尾脸上的伤显得愈发阴狠狰狞，"少阴，你们少成部落的人少管我们月氏部落的闲事！"戚亥也脸色阴沉，警惕地盯着他。

少阴露出一丝笑意："我也不想插手啊，只不过这只小家伙不答应，我能怎么办？"只见那只毛茸茸的披毛犀绕在他脚边，时不时地冲着戚亥他们吼两声，似有敌意。

月白对上少阴投过来的目光，不禁挤出了一丝感激的笑容。他笑起来格外的明亮，好似有浮光聚在眼底。

少阴一愣，忽地笑了起来，"看来这闲事，我是非管不可了啊。"

"就凭你？戚亥，拦住他，让我先解决了这个杂种！"逐尾痛极又恨极，他的右眼怕是被月白戳瞎了，他再也忍耐不住，直接冲了上去。

戚亥堵住少阴，冷哼一声："你自找的。"他握拳就砸向了少阴的脸，身形犹如猎豹般极为迅猛，不算健硕的体型却蕴藏着骇人的力量。

少阴躲过拳风，又抬腿挡住戚亥借力斜扫来的一脚，两人的身影顿时交叠在了一起，一时分不出高下。

月白自知不敌逐尾，见他冲过来拔腿就跃入了河中。月白一口气潜游了一段，等从激流中再次冒头时，见逐尾还在寻他。他深吸一口气，又潜入了水下。

河岸上，逐尾寻不到月白的踪迹，转眼看过去时，只见戚亥似被逼到了极处，逐尾见势不对又忙加入了战局，他捡起短刺就射向了少阴后背。而少阴翻身而起，险之又险地躲过了偷袭，一时间他陷入了两面夹击，几个回合之间似是落了下风。

"杀了你，倒是少了一个劲敌。"

少阴不以为意："是吗？"他腾空跃起，掌心似有灵力

波动，疾风席卷而来，草叶也化作了利刃，被他随手挥出，气流裹挟着利刃瞬间将逐尾他们逼退，还在他们身上刮出了无数道细而深的伤口。

戚亥顾不得脸上的血痕，惊讶地说："你……巫祖收你当徒弟了？"

少阴嗤笑了一声，"还不滚？"

两人互相看了一眼，立即撒腿就跑，转眼间就消失不见。

四

月白顺流游到了一处荒野，此时已经入夜，他搜集了一些枯枝，打算钻木取火。打死他也想不到，自己竟然被月魂石带到了茹毛饮血的远古时代。

冷风吹来，他瑟瑟发抖，祈祷能赶紧生起一堆火取暖。火星燃起时，已经是一刻钟之后了，月白松了一口气，笑容却又僵在了嘴角。只见一丝风携着无数草叶将他燃起的火苗无情扑灭，他将手中的枯叶一甩："谁？"

月白狐疑地打量了四周，抬眼时却将石头扔向了树梢，只听簌簌两声，躲在阴影中的少阴旋身躲过了袭击。少阴抱着毛团，居高临下地睨着他，似笑非笑："怎么说，我也算救了你吧？你撇下我们不说，还拿石头砸我，这是什么道理？"

月白松开腰间的骨刺，不由露出了不好意思的笑容："是你啊。"

少阴将毛团往他怀里一扔："喏，我叫少阴，它带我过来的。你放心，那两个家伙再也不敢欺负你了。"

月白接住了毛团，揉了揉它的脑袋，这小家伙很有灵性，恐怕刚才少阴也是他搬来的救兵。

"这次多谢你了……"月白犹豫了一会儿，许下承诺，"我会报答你的。"

少阴抱臂倚在了枝杈间，眼中闪着精光，揶揄道："哦？怎么报答？"

月白思索了一会儿，又堆起了无邪的笑容："巫祖蓬收是不是想要白荅之叶？我知道哪里可以找到。不过，你要劝巫祖蓬收也收我为徒才行。"他想，芒山试炼途中凶险难测，有少阴这个高手相伴，应该会轻松许多。

"你要是能找到，还会在芒山瞎转悠好几天？"少阴一脸看透的精明，"报答是假，你该不会是为了寻求庇护吧？"

"啊这……"还真是什么都骗不过他。

"这次试炼凶险难测，你又毫无自保之力，我劝你趁早退出，免得又搭上小命。"他踩着枝叶，晃悠了两下，"下次你就不一定还能遇到我了，小狐狸。"

你才是狐狸好吧？长得就一副狐狸样。月白心中暗自吐槽，见他转身要走，想要挽留却拐了个弯："哼，你还会回来找我的，我月白才不需要你呢。"

毕竟芒山设有迷障，反正回溯中他记得原主也没有找到白苕树，最后又遭受无妄之灾，被不明之物残忍杀害了。

月白生火烤起了河鱼，也许是他烧烤的手艺还不错，烤鱼外焦里嫩，引起了怀里小家伙的躁动，撒娇似的哞哞了两声。

月白拍了拍他的脑袋："乖，你不是吃草的吗？这个再香也不能碰。"他抹上了一点香叶，虽然没什么调料，却也能入口了，就在他嗅了嗅的空档，手中的烤鱼就被一阵怪风卷走了……

月白怒了，敢情忙活了大半天，一口热乎的都还没吃上，就被捷足先登了！他扭头看过去，就见少阴收回了藤蔓，靠坐在树梢上，一脸的餍足："多谢款待了。"

"你不是走了吗？"

"谁说我走了，这不是给你们捕猎去了吗？"他一脸无辜，提起两只野兔晃了晃，"交给你了……月白？"他顿了一会儿，忽然补了一句："白月亮？名字真奇怪。"

兔子被扔到了月白怀里，他嘴角微抽，皮笑肉不笑地说，"把烤鱼还我。"他的眼睛本来就像一弧弯月，笑起来的时候像，眯起来的时候就更像了。

少阴又啃了两口，觉得他眼神凉飕飕的，只能讪讪将剩下一条还给他。

月白吃完后喂了披毛犀一些嫩草叶，有点睁不开眼了："困了，走，我们睡觉去。"

"喂，我的兔子怎么办？"

"呵，我说要给你烤了吗？"

五

"哗啦！"月白跃入了急流形成的深涧，激起一片水花，他扭头喊道："跟着我。"披毛犀也划入了水涧中，看起来游刃有余，跟他一样水性很好。

少阴站在岸上没动，他挑了挑眉，"这就是你说的捷径？"

月白没搭腔，他潜入了水底，摸索了一会儿后就找到了入口，又跃出了水面。

丛林中设有迷障，他们就算寻遍芒山也找不到白荅，这一处水涧却别有洞天，这还是他昨天沿着河谷逃生时无意中发现的。要不是白荅秘境中危机四伏，月白也不会想着拉上少阴，以身犯险的事他可从来不做，毕竟他的小命经不起折腾，否则迟早会魂飞魄散。

"跟紧点，丢了别怪我。"月白深吸了一口气，这才带着少阴越过狭窄的缝隙，又游了好一会儿，胸腔也传来了憋闷的感觉，幽暗的水底辨不清方向，钻过嶙峋的怪石，终于见到了头顶的微光。

月白加快了速度，身后的毛团也有点吃力，吐出了一串小泡泡，随他一起纵身冲了上去。毛团跃出水面呼哧呼哧地喘着气时，月白忽觉哪里不对。

月白在水下咕噜两声，刚冒出水面还没吸两口新鲜空气，就被一把拽下了水面。他感觉脚踝好像被冰凉黏腻的蛇缠住了一般，怎么也游不动了，整个人被拖着往下沉，心脏都被吓得一哆嗦。水蛇？这力道感觉不像，也没咬他，该不会遇到什么水怪？总不会是水鬼吧？他低头一看，好家伙，脚踝被熟悉的藤蔓给缠住了，拉拽的力道将他直往下拖，只见少阴在水底垂死挣扎。

"雾草？！"月白一口气差点没憋死，也许是求生的本能，他使出了吃奶的力气挣脱了藤蔓，逃命般地跃出了水面，他呛了几口水，也顾不得胸口的憋闷与疼痛，大口大口地喘着气，觉得肺都要炸了。缓过劲来，他忽然觉得好像忘记了什么。

"少阴？"月白又冲入了水底，果不其然看见少阴沉在了水底，月白一把拽起他时差点没被拖下去，死沉死沉的。好不容易把他拖上了河岸，月白顾不上喘气，赶紧一边用力挤压他的胸部，一边用毛团给他做人工呼吸。

等少阴一口气呛出了水时，只觉得胸口钝痛不已，好似碎过大石一般，忍不住吐槽："你干脆捶死我算了。"

"我那是急救，不懂就少说话。"

少阴捂住胸口，又抹了一把嘴，模糊中突然想起了醒来时那股异样的触感，脸色一青："说，你是不是趁我昏迷，对我做了什么？"

月白见他一脸诡异扭曲，还拿嫌弃的目光看着自己，只能吐出两个字："呵呵。"

他抱起手中的披毛犀，"你是说它吗？"毛团嗷嗷了两声，热情地盯着他。

少阴赶紧冲到水边洗了洗，怪不得一嘴毛。

这是一处暗河，应该是汇入萨拉乌苏河的伏流，环顾四处，似乎连接着地下溶洞，岩壁上却布满了绚烂的荧光，宛若点亮了整个夜空一般，将漆黑的洞穴也映照得极致璀璨。

细看才发现是层层叠叠覆盖起来的发光蠕虫，少阴头皮发麻，赶紧移开了视线。

"什么鬼地方？"

六

月白其实也有点发憷，这鬼地方他也觉得不像能找到白荅的样子，还是赶紧找到出口比较好。他和少阴都认不得方向，只能将披毛犀拎到了最前面带路，它比他们俩靠谱多了。

经过一处拐角后，就远离了暗河，发光虫少了许多，以至于光线变弱，整个地下溶洞变得阴森诡谲起来。

月白本来并不在意的，只不过走着走着，他就感觉到了一丝异样："少阴，你有没有感觉到，有人一直在盯着我们？"

"怎么？"

本来就刚从水底爬上来，一股阴风吹来，湿冷的感觉更重。

又走了一段，月白的耳朵动了动，忽然停住了脚步。落后一步的少阴差点撞了上去："你想吓死人啊？"

月白却僵硬地回头："多了一个人的脚步声。"他声音微不可见有点抖，少阴也猝然回过了头，阴影笼盖处，不知何时多了一只怪物，也跟着停下了脚步。

两脸震惊，四目瞪大。

怪物也长着一张人脸，但是借着幽光细看，才觉出不对劲，惨白的大脸上并没有五官，脸皮下方是一张巨口，人面兽身，又长着虎齿人爪，说不出的奇形怪状。明明身形臃肿得可怕，走起路来，脚步却跟人一样轻。这该不会就是传说中吃人的狍鸮吧？

"跑啊！"一声宛若鬼魅的声响传来，少阴感觉背后阴风阵阵，而披毛犀早就炸毛，带着月白一路狂奔。少阴脚下生风，一溜儿烟冲到了月白前头，瞬间就没影了。

月白辨不清方向，只能跟着披毛犀拔足狂奔。呼啸的风声传来，身后呼哧呼哧的气息越发逼近，狍鸮流着涎水，追着月白不放，又像是猫抓耗子般逗弄。洞穴越发狭窄逼仄，一时间石钟乳被撞得七零八落，岩石崩塌倒是为月白争取了一丝生机，只不过他也被碎石砸得脑门生疼。狍鸮庞大的身躯明显受阻，渐渐变得狂躁起来，而被他撞落的碎石又来添堵。看来披毛犀是故意往犄角旮旯里钻的，不愧是他的灵兽，月白捂着脑袋跑得更快了。

"吼！"狍鸮纵身一跃，显然没了耐心想要扑杀月白，血盆大口带来一阵腥风，差点熏得月白晕头转向。眼见披毛犀凭借玲珑小巧的身形跃入了甬道，他也顾不得其他，纵身扑进了狭口，他感觉脚下一凉，反射性地缩了缩脚踝。

"吼！"惨白的人脸被卡在了甬道，吓得月白一个激灵，他赶紧跟着披毛犀往甬道里钻，腿都有点哆嗦，好在他身材瘦小，若是来个成年人恐怕塞也塞不进来。一直钻到了里面，狭口处的冲撞声渐远，甬道又渐渐变大，他这才喘了几口气，前头的披毛犀也转身哼哼喊了两声，似是安抚。月白一把搂住这扑过来的小家伙，不住地蹭着它的脸："还是你最好啊。"

也不知道少阴跑哪儿去了，不过按他的本事肯定能逃脱，出了溶洞应该就能汇合了。反正回去是不可能的，找他是更不可能的，那和找死差不多。想到那只怪物还在洞里，他就一阵哆嗦。

不知道过了多久，月白感觉又饿又累，被披毛犀领着七拐八弯，终于爬出了这不见天日的鬼地方。

只是出了洞穴，月白感觉又进了鬼森林。这里古藤松木环绕，迷雾飘荡，死寂中透着一股阴森感，放眼望去，也没见着传说中的白苔树。他抱紧了怀中的披毛犀，颤颤巍巍地走了一段，听它低低噭了两声，似乎在安抚他敏感的神经，看来是没什么危险。

七

月白和毛团都饿得蔫蔫的，肚子一直咕噜响，没什么力气了。他揉了揉毛团："走，先填饱肚子。"

他先摘了一些野果垫垫肚子，又给披毛犀找了嫩叶喂饱了，然后与它商量："你可是一只灵兽，不会捕猎不要紧，闻着气味应该还行吧？去给我找找哪里有猎物？"

毛团哞哞了两声，好似听懂了一般。它一番操作猛如虎，结果只找到了一窝肥鼠，也不知道是不是远古物种。这些老鼠长得怪模怪样，月白一脸嫌弃地走开，却被披毛犀拽住了，哞哞地敦促他，就差把垂涎两个字打在眼睛上了。

"你又不能吃。"

其实月白还真错怪它了，这只披毛犀是异常凶猛的灵兽，什么低级的灵物都能吃，不过更偏爱灵果草叶之类的。

月白一时也找不到其他猎物了，只能一边生火烧烤，一边等少阴。喷香的熟肉也令月白放下了芥蒂，果子不能饱腹，这味道闻起来比鱼肉香啊。还没等他咬上去，手中的鼠肉就不翼而飞了。这熟悉的一幕令月白异常恼怒："少阴？！出来！"

雾林中一片死寂，他的声音经过回荡，显得更加诡异。

月白的脑海里瞬间闪过一系列恐怖画面，不由哆嗦了一下，还是得赶紧找到少阴，这鬼地方实在是太瘆人了。只是这次连披毛犀也迷路了，他们在雾林中寻了许久，不光没有寻到来时的水潭，反而陷入了重重密林的围困中。无奈月白只能沿途留下月亮的标记，期冀少阴能找过来。

夜晚骤然降临，他寻了一株巨树，爬上去找了一根结实的树杈，月白抱着怀中的披毛犀，心底毛毛的，只能闭紧眼睛休憩。他期冀夜晚赶紧过去，不然吓都要吓出毛病来。他本来没想睡熟，只是一闭上眼，就觉得浓浓倦意席卷而来……

等被藤蔓缠缚吊起来的月白惊醒的时候，对上了一只阴森森的大眼睛。没错，是一只。这只独眼怪眨了眨眼："狡猾的人类。"看起来像是小精灵的模样，深绿色的卷发，头上还有尖尖的小耳朵，只有那只铜铃般的眼睛很怪异，它说完就挥舞着透明的小翅膀飞走了。

"哞哦？"披毛犀窜跳着，却够不着脚尖，急得团团转。月白就这样被吊了一夜。

"月白？！"少阴跟着披毛犀找过来的时候，已经是第二天了。

月白宛若看到了救星，又死命地动弹了两下。

少阴一步跃起，手轻轻碰了碰藤蔓，只见那些藤条似有灵性一般退了开来。他还没躲开，就被月白当成了垫背。

"嗷！"少阴推了他一把，"起开。"

月白没动，被推得滚到一边，他手脚酸麻得失去了知觉。"勒死我了。"还忍不住吐槽，"你怎么那么慢？"

"别提了，找不到溶洞的出口，还被怪物缠上了……"少阴想起这两天的悲惨遭遇，也是一脸郁闷，"对了，你们怎么出来的？"

月白有点心虚地笑了下："我们也是在被追杀时误闯出来的。"

他们又找了半天，还是没有走出丛林。歇息时，少阴瞥了一眼，忽地发现月白头上的一片小叶子，"这是什么？"他的指尖刚刚触到叶片，叶子就飘了起来，悠悠荡入雾林中。

那片叶子好似能指引方向。少阴恍然道，"这是……芒草？"传说芒山生有芒草，可以指引方向。

八

芒草叶留有精灵的气息，指引他们穿过了迷障。走出雾林后，他们远远望着一片无垠水泽中的银树，传说白莕树就矗立在水天之间，此时雾气氤氲，烟波浩渺，一切都显得似真似幻。

月白站在粗陋制成的筏上，身形有点摇晃，远处的披毛犀盯着水泽，时不时冲着他们呼噜两声，似乎不愿靠近水泽。月白只好被他留在了岸上："乖乖等我回来。"

少阴撑着木筏往水泽中心行驶，岸上看时觉得白莕树并不远，但是他们划了半个多时辰才抵达水泽中心，此时雾气越发浓郁，回头已看不到岸边了。

远看这白莕树只觉得灵气四溢，近看才发觉这株银树遮天蔽日，其间多是银白色的花朵，点缀着零星的血红枝叶。

还未从惊叹中回过神，月白突然感觉脚底下水波一阵晃动，本来就是临时拼凑的木筏更是颠簸摇晃起来，他脚下踉跄，而少阴在情急之下一把拽住了他，两人差点没晃荡下去。不知是不是风大了，水波起伏不定，水漫延了大半边，他们连落脚的地方都快没了。月白脚下使力一踩，木筏翻动得更剧烈了，眼看两个人就要栽进水里，少阴却警觉地竖起耳朵："有声音。"

月白也听到了，一声如婴儿般尖锐的哭啼声从深水下传来，沉闷而悠长，声音越来越嘹亮，似乎下一秒就要冲破水面。

"快走！"月白被他整个提起丢了出去，他们奋力往前游了一段，此刻茫茫水面翻腾起惊涛巨浪，月白被卷起来的浪潮冲出了两丈远，等他再次钻出水面，抬眼望过去时，直接呆住了。

水上是一颗颗尖锐的蛇头，勾缠交错在一起，血红的蛇瞳泛着阴冷的光泽，细长的蛇身快速游弋了过来。

不知何时，少阴浮在水中，浑身精纯灵气四散，他手上长出了无数藤蔓，已经密密麻麻地缠裹上了九头蛇，他咬牙道："我缠住它，你去取白荟之叶！"

月白也不敢耽误，一头扎入了水中，不一会儿就窜出了数丈远。他费力攀上了白荟树的树杈，因为没了力气差点失足摔下去。他能感觉到九头蛇好似发了狂地嘶吼，整个水泽都跟着震颤起来。来不及管轰隆炸开的水花，他摘了两片血叶就想溜，只是还没往下跳，他的瞳孔就慢慢放大，动都不能动了。

月白被蛇瞳盯上的那一瞬，汗毛都竖起来了，大脑一片空白，眼睁睁地看着硕大的蛇头从花叶间冒出，突然凑到了他头顶，张开了血盆大口。他还能看见蛇口尖锐的毒牙，一切只发生在转瞬之间，他连这只蛇头是怎么伸长窜过来的都没看清楚。

电光火石之间，一根藤蔓缠住月白的脖颈险险将他拖走，漫天的风刃席卷而来，呼啦啦地袭向了蛇头。少阴趁机将他从蛇口下拖了出来。月白被勒住脖子差点没翻白眼，也不知道这到底是救人还是杀人了。

"快走！"

这时水波与巨浪突然袭来，就算没成为怪物的小点心，他们也要被淹死。少阴和他一起用力往外游，这九头蛇根本就不是他们可以对付的，还不如趁着有口气赶紧逃命。

游了一段，月白就没什么力气了，少阴也是吊着一口气，水波再次震荡，他们转眼望去，蛇头又追了过来，巨口裹挟着腥风窜过来……

就在他们以为要命丧于此时，突然后面追上来一巨大阴影，掠过水面，一左一右将他们两人提了起来，飞身就冲向了高空。

九

月白目瞪口呆地被巨爪给拽了起来，一阵剧烈的失重

感传来，他还有点眩晕和骇然，也不敢挣动，任由巨鸟带着飞了好一段，才战战兢兢地睁开眼，倒吸了一口凉气，这……这得是万丈高空了吧？耳边呼啸的风声令他清醒了点："等等！喂！等一下！我的灵兽还在等我！"

他们快要飞过河岸了，月白的嗓子也要喊哑了。巨鸟减了速，他的声音终于清晰了。

这时，一位站在巨鸟背上的少年垂眸看了一眼："在哪儿？"

他的声音冷冷的，月白也没在意："就在岸边！"

等月白一把将披毛犀捞起之后，巨鸟也飞驰而过，振翅跃上了高空，从云雾之间穿梭而过，月白得抓住长长的羽毛才能稳住身形，他趴在巨鸟宽阔的背上，才知晓这是灵鸟庞大的身躯。

他再次从高空往下看时，只见长河蜿蜒回转，水流奔涌不息，峡谷宛转迂折，河畔两岸郁郁葱葱。远处重峦叠嶂绵延，飞禽走兽成群，还有星罗湖泊点缀其间，其中不乏早已灭绝的远古物种在大规模活动。成群的纳玛象聚集栖息在湖泊处，河谷中不时还有巨型水牛与河马出没，更远处还能看到奔腾跳跃的大角鹿，有时呼啦啦的一群转角羚羊如黑影掠过，它们在斑鬣狗的追逐下四散奔逃，原野上充斥着生命的足迹。不同于后世徜徉于黄沙飞砾间的绿色河谷，此时的萨拉乌苏河两岸还没有变成大片的荒漠，看起来苍郁繁茂，宛若绿色汪洋。

沿着萨拉乌苏河一路疾驰，他们很快就抵达了聚居在河畔最大的月氏部落。月白感到异常的熟悉与亲切，虽然这是衣不蔽体、食不果腹的原始部落……如果他猜得没错，这应该是后世的萨拉乌苏文化遗址，距今约七万年前的河套人发源地，连他也变成了远古人类。

关于蓐收的传说遍及各大远古部落，只因为他是首任巫祖烛龙唯一的传人，几百年来镇压邪灵又庇佑这片大陆，更有传闻说他是半神半人的存在。巫祖蓐收并未跟部落中的族人一起住在河谷阶地，听说他性情孤僻，常年独居在森林中的一处天然洞穴，若不是部族中出现大事，绝不会露面。就看他收徒时这般苛刻的试炼，月白心中就有了几分计较。

他们落地后，巨鸟展翅盘桓，恋恋不舍地长唳了一声，才飞上了云雾之间。

三人沿途一路弯弯绕绕，寻到了一处洞口，这洞穴是历代巫祖的居所，显然也经过一定修缮，岩壁两侧悬放着萤珠，并不觉得晦暗。穿过幽长的通道，就步入了恍如白昼般的内洞。

内洞四壁不仅悬珠，还燃着明亮的光晕，应是长明灯。蓐收长身而立，散漫地瞥了他们一眼："来了？"他一头银发垂坠，只略微编到了脑后，穿着雪狐皮毛制成的衣物，不像是原始人类，反而有种奇异的神秘和雍容。

　　蓐收身后还站着一个类似药童的少年，面无表情，黑黢黢的眼睛空洞而诡异。这人看着有点说不出的奇怪。不过令他诧异的是，蓐收看起来还很年轻，可是传说中的巫祖已经是几百岁的糟老头子了。

　　月白猝不及防地对上了蓐收的视线，刹那有一丝被蛇盯上的危险错觉。不，或许不是错觉——只见一条缠绕在蓐收脖颈处的银蛇，不知何时也悄然竖起了细颅盯着他们，他原先还以为是项链。而巫师手里捣鼓的，是大大小小的头骨，有些像是人类的，还有些是兽类的。他打了个寒噤，但还是在蓐收危险的眼神中露出了温软的笑容。

　　蓐收意味不明地勾起唇，苍白的面容显得没那么阴冷了，他收了手中的动作："竟然有三个？"银蛇游走缠绕在了他的指尖，蓐收说是惊讶，神情中半点意外也无，用玉笋般的手指点了点蛇头，"既然如此，那你们先比试分出胜负后，再拜入我门下。"

十

　　此话一出，洞内气氛顿时冷凝下来，连月白都吃了一惊：这是要他们自相残杀吗？

　　少阴神色谨慎了不少："巫祖，您不是说，取得白荟之

40

叶就能拜入您门下？"

跟随他们一起的神秘少年并未多话，而蓣收的神情也越发莫测起来。

剑拔弩张之时，月白忽地双眼发亮："只要分出胜负就可以了吗？"这样说来，不论胜负如何，其实都可以拜入他门下。

凝滞的空气倏地溢散，银蛇环绕在蓣收手腕上，他抬眸睨了他一会儿，轻轻笑了："是。"

月白被他笑得一颤。结果显而易见，月白自动退下来观战，少阴他们俩也点到为止，他不敌神秘少年，一时落了下风，被他一掌击退了。

"东西给我。"

三人将白荟之叶交给蓣收，只见他将血色叶片捣入头骨中的药汁。月白心想，这人性情古怪，又这般的行事做派，怎么看都不像善类。

少阴趁机拜下来："弟子少阴拜见师父。"

那神秘少年也拜道："弟子伏风拜见师父。"

月白也随之跟上："弟子月白拜见师父。"

岂料蓣收盯了月白半晌，突然古怪出声："别叫我师父，我担待不起。"

月白一脸疑惑，试探道："那……巫祖？"该不是他资质太差，被蓣收嫌弃了吧？

说是这般，蓐收也没赶他出去，对待他们三人，他又一视同仁。蓐收将药汁捣鼓完："喝了吧。"

这大概是他毕生难忘的拜师礼了，药汁不知是什么成分，月白还在其中见到了蛇虫，差点没给呕出来。伏风没有半点犹豫就喝了，少阴也忍着恶心灌了下去。月白只好照做，除了味道奇异的腥苦之外，一时还没觉得有什么奇效，只不过听说这白荟之叶是一味神药，就这般被他们糟蹋了，实在有点暴殄天物。

蓐收见月白这副可惜的模样，嗤笑了一声："哪里有什么成仙的灵药，只不过是普通的灵植而已。所谓元灵修炼，也不过是吸纳日月之精华，采集自然之灵气，炼精化气为己用，以至凝神返虚之境界，只不过修行一途，若无心性意念，终不能长远……"

月白听得云里雾里，什么元灵修炼的，瞬间让他生出了一些神神怪怪的念头。等他亲眼见证了蓐收和少阴他们三个如何感应灵气，又是如何运转灵力后，才觉出点门道来。

不觉已经是一整天过去了。

针对他们三个，蓐收几乎不管不顾，只不过略略提点了一些，就将他们赶出了洞穴："别扰了我的清净，若无要事，也不必过来问安。"

他们三个刚走出洞穴，少阴就搭上了伏风的肩。"伏风是吧？"他一脸的戏谑，"在芒山的时候，你是不是就一直跟着我们了？"一开始他还觉得伏风救了他们俩，心中感激不已，不过后面回过神来，才觉得对方在自己遇袭的关键时刻出现并非巧合。芒山秘境设下的迷障，或许连地形都在时刻变化，若是伏风的灵兽能跨越迷障，他应该早就寻到了神树。难怪他们俩一路上疑神疑鬼的。

少阴有点欠欠地笑了："一点也看不出来呀，你还会偷偷摸摸跟在我们后头捡漏呀。"

月白好像突然间明白了什么，大叫道："是不是你抢了我的鼠肉？"

伏风看起来很是冷淡，他走在前头，只略微侧了侧脸："我救了你们，两不相欠。"

"哪里哪里，这怎么能比得上……救命之恩。"

伏风撇开少阴的手，没等他说完，便足尖点地，跃上了树梢，穿梭在树影之间，不见了踪迹。

"啊？别走啊！"

十一

伏风独来独往，据少阴所说，他应该是来自南境的部族，远涉千里而来，就是为了拜入蓐收门下。而少阴却是少咸部落的人，隶属萨拉乌苏河流域的三大部族之一，除

44

此以外，这次芒山试炼中还有许多慕名而来的各大部族的族人，只为拜入巫祖蓐收门下，但最终功成的只有他们三人。

告别了少阴，月白只身回到了月氏部落。如今还没有进入冬季，族人用兽皮和蓬草搭起了大大小小的帐篷，还架起了篝火，可以防止野兽突袭，而靠近萨拉乌苏河谷地带也极大地方便了人们日常的生活起居。入冬以后，为抵御严寒气候，部族的人会迁往山中洞穴御寒，只不过天然洞穴极少，气候又过于严寒，所以他们只能勉强挤在挖出来的一些大洞穴里度过寒冬。

在回来的路上，月白遇到了月氏部落的首领怀黎，他带着部族中的青壮年一起狩猎回来，算是满载而归。从前的月白是被月氏部落的老族长捡回来的，所以经常受到族中小孩的排挤，不过怀黎对他还算不错，自从继任族长后也对他多有照拂。

"回来了？"怀黎身形高挑修长，体魄遒劲，不是粗犷的类型，反而有一种沉郁睿智的气质，这也是老族长将部族托付给他的原因吧。

怀黎将一只野麂扔给月白，他也不推辞，提起不断扑腾的麂子："晚餐总算有着落了，要是有点菜就更好了。"

"菜？"

"哈哈，就是山中的野菜，一些可以吃的……野生植物？就是草叶菌菇之类的。"月白都忘记现在还没有蔬菜的说法了。

怀黎不敢苟同，他也尝过一些无毒的草叶，味道实在
不敢恭维。

"要入冬了，你要不要跟我们一起参加狩猎？"这里
的冬天漫长而酷寒，动物群也早已在秋季就开始大规模迁
徙了，他们只能先囤积食物。

"好呀，下次叫我。不过族长，我还想拜托你一件事。"
月白又露出了那种狡黠的笑容，令人难以拒绝。从明天开
始他就该考虑建一座小屋了，毕竟冬季他就难熬了。他向
怀黎说了希望族人帮忙建屋之事，对方没有犹豫便答应了。

临走时，月白瞧见他胳膊上还在流血的伤口："族长，
你这伤口恐怕要敷点草药，不然感染了难以愈合。"

怀黎瞧了一眼，不太在意："小伤，等过一阵就愈合了，
不用担心。"

远古部落也没什么医疗条件，受了伤一般都是自动愈
合，除非伤重被送到巫祖那里，只不过巫祖一般都在闭关
苦修，轻易不会出面。

月白想着有时间再找点药草，以备不时之需。他带着
披毛犀找到了他那简陋的小帐篷，准备将就一晚。

入夜后的萨拉乌苏河畔格外静谧幽美，湛蓝的苍穹上
缀着星星，夜里的风也温柔了起来，他坐在河畔的一块岩
石上，身旁的披毛犀也趴着小憩。

月白阖上了双眸，感受着流水的轻灵、微风的细腻，还有万籁俱寂。不知过了多久，忽地捕捉到了一丝灵力的波动，宛若漆黑的虚空中闪现的光点，他极为耐心地将那一丝灵力引入体内，霎时感觉到了灵魂的震颤。是水灵之力，轻柔又澄净，极缓极缓地游走在他滞涩枯竭的灵脉之中，他一点一点地控制着这一丝灵力，突破了一次又一次的桎梏，连针扎一般的细密疼痛也顾及不了。不知过了多久，他终于牵制着水灵绕回了起点。睁眼时竟然已经天亮了，月白还有点意犹未尽，只不过等他再次冥想时，却找不到那种浑然忘我的感觉了。

他们修炼汲取的是自然灵气，若是他猜得没错，少阴运转的是草木之灵，而伏风却是风之灵，蓐收他还没有看透。这样说来，自然万物之灵力，其实都可以化为己用，如山川日月，江河湖海，只是他好像与水灵更为契合。

十二

白天他带着毛团沿河又往上游走了一段，找了一处合适的地段，若是要潜心修炼的话，他还是得选一处僻静的地方搭建他的小屋。

选定了地点后，怀黎等人也带着族中开凿洞穴的石器如约而至。这边本来就是森林边缘，也方便了他们就地取材。没有纸笔，月白只能拿着石头蹲在地上跟怀黎大致勾勒了一下小屋的草图。他原本还担心怀黎不能理解，却没想到怀黎笑了起来："我曾经在其他部族中见过一些草棚，只不过用木头的话也许更结实一些吧。虽然复杂奇怪了些，不过你的想法还不错。"

月白见他并不反对，不由得扯远了一些："还有更复杂的呢，用泥土和石块也可以做房子。"

少阴过来的时候，他们已经热火朝天地拿着石斧砍树了，空地上还整齐地摆放了一些木料。他倚坐在树枝上，也没有要帮忙的意思，一条长腿还在半空晃荡着。

月白擦了擦汗湿的额角，用琥珀色的眸子亮亮地望着他："要不要帮忙？"

这些木材大半都是怀黎他们帮他砍下来的，不管是怀黎，还是少阴，月白都见识过他们的巨力，听说怀黎可以徒手撕猛虎，而少阴却是牵制过九头蛇的，他们的怪力令月白咋舌不已。

少阴显得很是惬意与散漫："不要。"

月白沉吟了一会儿，抬起头来时笑得更明亮了："一个月，你一个月的烤肉都交给我了。"

少阴沉默了一会儿，还是没抵住诱惑："成交！"

如此又过了一段时日，有了两人的帮忙，他的小屋已经初具雏形。

夜晚他也不怎么睡觉，自从感受到了那一丝灵力后，每晚他都会坐在河畔，转化天地间源源不断的水灵之力，一开始感觉异常的凝滞艰难，到了后来就顺畅了许多。后面也不再是一丝半缕的灵力运转，他冥冥中感觉到了体内的水灵之力充盈了一点，意识也逐渐感知到了体内灵核所在，约莫在他心脏位置的光核，微弱而黯淡。周身灵气涌动，再一次将光点引入体内，循环往复地疏通了一遍灵力缓缓汇聚于灵核内，他缓缓睁眼，就见天际曙光乍现，山海间云雾涌动。

　　深秋的萨拉乌苏河谷，河水中冒着白气，潺潺流水从深邃静谧的河道涌入远方，几只野鸭凫在水面时隐时现，忽地白鹭掠过澄清的河水，漾起点点波纹，飞向更广袤的天地。月白低头瞧见披毛犀趴在身边，长长的绒毛上也笼了一层微薄的灵气，顿时有点诧异，又想起它是灵兽，不由得释然了。他盯着缓缓流淌的河水，若有所思地抬起手指，成滴的水珠缓缓汇聚起来，随他意念浮在了半空，只不过一瞬又全数掉落了下去，只这一下就让他煞白了脸色。

　　他却顾不及体内烧灼一般的尖锐疼痛，反而有点新奇和惊喜。他又反复试了几次，终于将细微的水流汇聚于手心，瞧了一眼还在酣睡的披毛犀，他指尖微动，水流猝不及防地泼了它一脸。

　　"哞呜——"披毛犀呼噜了一下猝然惊醒，甩着长毛上的水打量着四周，一副浑身炸毛的警惕模样。

得逞的月白对上披毛犀无辜又困惑的圆眼睛，缩了缩手指，突然觉得有点负罪感了。他张开手，披毛犀一下跳到了他的怀里，被他举起来瞧了瞧："你是不是又重了？你再胡吃海喝的，我就真的抱不动你了。"

十三

部落打猎，月白和怀黎追着一只长毛的野猪跑，惊得几只山鹑与沙鸡扑腾着翅膀四散溃逃，其实他并不清楚这只野猪是什么远古物种，长得像野猪，但是厚实又水滑的长毛覆盖了它肥硕的身子，引起了他们的觊觎。这只大型野猪至少可以吃上几顿了，还有皮毛可以留着过冬，今天绝对不能让它跑了。

披毛犀看着身小腿短，跑起来比他还快，坠在野猪尾巴后面，月白他们大声吆喝着跟在后面追，惊得野猪又是撒腿狂奔，一下就掉入了他精心布置的陷阱里。

一声重物落地的惨嚎声传来，月白撑住膝盖大口喘气，他与怀黎相视一笑："我说得没错吧？"

他们是故意将野兽往这边赶的，虽然麻烦了一些，也避免了和大型猛兽搏斗时的误伤。

怀黎笑了笑："这样一来，我们可以多布置一些陷阱，只不过要先提醒一下族人。"

月白点了点头。他们狩猎这段时间不仅挖了陷阱，还圈养了一些动物留着过冬，又改造了一些族中的武器，譬如砍砸和尖状器，除了一些木头和石块，还有一些是用骨、角等制作的。

他们准备返程的时候，前面突然传来一阵嘈杂的轰鸣声，骇得月白还以为要地震了。

只见猛犸象群穿梭在丛林间，令地表一阵颤动，因为冬季将要来临，大部分的哺乳动物都在往南部迁徙。月白盯着硕大的象群，有点巨物恐惧了，不管是巨象粗壮如柱的大腿，还是雪白锋利的门齿，都令人胆寒。远古有些物种过于巨大化了，他跟着族长隐匿在草丛里，等象群走远了才冒出头来。象群后头还跟着一大群披毛犀和牛羚，不过那些大块头月白可不敢靠近，这要是靠近还不得遭到疯狂攻击？

他盯着毛团看了一会儿："你要不要过去认认亲？"

毛团睁着懵懂的双眼："哞哦？"

月白"啧"了一声，有点奇怪了："你到底是哪里冒出来的？"

只是他们走了一段，还没跟部落其他族人汇合，就被人喊住了，月白狩猎时见过那个看起来人高马大的壮汉，是族中颇有威望的勇士鸠野，他大概是一路狂奔而来的：

"族长，不好了，狄云他被毒蛇咬伤了！"

月白跟着怀黎他们连忙抵达时，就见狄云的一条腿露在外面，小腿上赫然是两个乌紫的牙洞，小腿肚已经肿了起来。

怀黎看了一眼地上类似蝮蛇的尸身，脸色顿时变得极为难看。他只犹豫了片刻，就做出了决断："只能先保住他的命了。这种蛇毒性极强，若是不尽快处理，恐怕来不及送到巫祖那里就会丧命。"只见他从族人手中拿过石斧，对意识涣散的狄云沉声道："忍一下。"他扬起手中的石斧，对准了他的小腿就要抡下去。

"等一下！"月白心脏也停跳了一瞬，"我可以试一下吗？"

怀黎对上他的目光，捏紧了手中的石斧，眼神略沉了沉，还是退开了一步："好，不过要快点。若是蛇毒蔓延，到时候就不是断腿就能救得了的了。"

月白深吸了一口气，蹲下身按住伤口上方，他从腰间摸出了石片，割开了牙洞。"有没有藤条，或者枝条也可以，要长一点，得快点。"

怀黎四处扫了一圈，来不及等人从树上扯，将缠在腰上的藤条一把扯下来递给了他，就见月白快速地将他伤口近心端绑了起来，他死死地挤着毒血，过了好一阵觉得差不多了才停手。

53

在众人惊异又怀疑的目光中，他又抬起了手靠近了他的伤口，凝神将精力集中起来，感知着微薄的水灵之力，过了一小会儿还没有什么动静，族人渐渐焦躁起来，连怀黎也锁紧了眉宇，只不过他还是往人群里递了一个沉沉的眼神。

就在众人觉得他在装神弄鬼的时候，只见毒血缓缓从狄云伤口处汩汩流出来，月白额头上渐渐渗出了汗，他死死盯着伤口，不敢有丝毫的间断。吸毒血不太靠谱，但是放血排毒应该是没什么问题的吧？

不知过了多久，体内传来一阵又一阵灼痛，好似被熔浆烧灼过他每一寸灵脉般，他终于支撑不住地停了手，而此时狄云也因为失血过多而彻底昏迷，他顾不上体内的灼烧感，赶紧抖着手给狄云解开了死死缠住的藤条。

他盯着狄云看了好一会儿，腿上的紫斑没有再往外蔓延，反而有消退的意思，他的呼吸也没那么急促了，这才缓缓呼出一口气，心脏都要跳出来了。毒血都已经排清了，他被绑着的腿也不会坏死，想来应该没什么大事了："可以了。"他抬眼时就见众人眼神复杂，其中还掺杂了一丝敬畏。还是怀黎放松了神情，率先开了口："我们先将狄云送回去。"

十四

月白又上山挖了些草药和野菜，河对岸的茫茫丛林他没敢独身前去，最近又来了一批巨兽迁徙，破坏力惊人，何况丛林又那么危险。

他将草药送去了狄云那里，被他塞了一手的肉干回来了。天气渐渐转冷了，他的小屋和栅栏在怀黎他们的帮助下已经完工，连他想要的地窖都帮他一起挖好了。他储存了不少过冬用的食物和柴堆，还圈养了几只赤鹿和羚羊，栅栏里还有几只野鸡野鸭，作为冬天的"储备粮"，披毛犀现在每天都在草丛间追着它们玩。

这段时间月白专心修炼，经常一夜至黎明，也丝毫不觉得疲惫，体内的灵气也充盈了不少，运转起来自如了许多，现在他可以轻易地召唤水灵之力，若是靠近水源还能凝聚起水流为他所用，不过实战比起少阴他们，还是相差甚远。

原野之间灵气四溢。月白运转灵力袭向少阴，却被他抬掌打散了灵气注成的水龙，草叶化作利刃劈向了月白的脸。他调动灵力注成一道透明水墙，只是灵力不济，水墙一瞬就散了，他只得旋身闪避飞叶，而少阴手掌间的灵藤又疾闪缠上了他的腰，很快藤蔓生长将他整个人捆成了粽子，巨力将他生生拖拽了过去。

56

少阴见他挣动，又捆得更结实了一点，将月白勒得一口气没喘上来："你又输了。"

"放开。"

"不放又怎样？"少阴语气很狂。

月白缓了一口气，皮笑肉不笑："不放是吧？"

他运起最后一丝灵力，只见水柱化成冰刃，袭向一脸恣意的少阴，被他险之又险地躲了过去，脸上还留了一道血痕，可见月白的力度有多精准了。

少阴一脸惊异："你怎么化水成冰的？"

月白被松了绑，有点后知后觉，刚才那一瞬间他也只是心念一动，并没有多想。不过这样一来，水灵之力竟也没有想象中那么脆弱。

"对了，少阴，你有没有见过伏风？"

"他八成又在哪个山头苦修吧？"

前几天，蓐收派药童来了一趟部落，不仅发了一些过冬御寒的草药，还传召他们过去三人比试了一场，结果不言而喻，他在少阴手底下还没扛住半刻钟，更没有机会当伏风的对手了。

"还好你不是我徒弟。"蓐收狠狠鄙视了他。

月白那虚幻的玻璃心碎了一地，还好他脸皮够厚，还能露出勉强又不失诚意的笑容，配上他明亮又憧憬的眼神，"还请巫祖教导一二。"

蓐收的眼珠更显得白了。不过接下来蓐收对他的一番指点却面面俱到，这也令他醍醐灌顶。

那日临走时，月白踌躇了一会儿，将几个丑陋的罐子孝敬给了蓐收，这是他花了一个多月用黏土烧制出来的，试了许多遍才只成形了一批。"或许装药用得到，头骨什么的还会漏出来……"

蓐收瞥了一眼，眼神有几分幽深，最后还是让药童将东西收下了。离开时，他只淡淡留下了一句："下次还没有长进，就不要来见我了。"

十五

蓐收闭关修炼，伏风来去无踪，而少阴也即将在冬季来临前返回少咸部落。他此前藏匿在森林中，月白后来才知道他在深山老林里找到了一株巨树，然后在上面搭建了一处小树屋，他一般睡在那里，不过自从他的小木屋完工后，他就时常过来蹭吃蹭喝了。

临别时月白煮了一锅肉汤，还加了野菜，又烤了鹿肉，摆上了一些乱七八糟的野果。他邀请了族长和其他族人，毕竟还没谢大家帮他搭建过木屋。

见到煮汤的大罐子还有盛汤的陶碗，怀黎也颇为惊异，毕竟他们亲眼见过月白烧黏土，当时鸠野还开过玩笑，小孩子才玩泥巴，没想到这些黏土的用途在这里。

"可以趁着冬季烧制大批出来，这样就方便了许多，明年春集或许还可以跟其他部族交易。"

临走时，月白还将草药交给了怀黎，他胳膊上的伤口之前溃烂流脓，或许是发炎感染，他寻了许久才找到一些消炎的草药，现在看起来并没有恶化了。

"你不跟我们一起走吗？"怀黎站在一旁，忍不住出声，过段时日就入冬了，他们准备启程赶往大洞穴，那里不仅准备了充足的食物和炭火，还能偶尔在森林中捕猎放风，实在是不错的巢穴。

月白摇了摇头，瞥了眼小屋："我还是习惯待在这里。"他们选的都是最结实的木材，风雪还不至于压垮小屋，更何况他还得静心修炼，实在不适合群居。

怀黎倒也很爽快："那我们走了，你多保重。"

送走了少阴和族长他们，漫长的冬季也拉开了序幕。世界陡然沉寂了下来。这一次他不仅感受到了磅礴的水灵之力，他的意识还在自然万物中，捕捉到了微弱的风灵，他试图追逐那一丝时有时无的灵气，却总是不得其法，只能任由风之灵消散又重聚。

又是两三天过去，也许只在一瞬，又好似过了许久，他终于再次捕捉到了那一丝灵气，将它引入了体内，这一循环又耗费了不少精力。他只觉得异常疲惫，这一次灵气的吸纳异常的困难，从灵脉中运转时，好似被无数针尖狠狠扎入一般的刺痛，他脸色发白，全身都有点不自主的颤意。或许是灵力相冲，他抿紧了唇，还是决定尝试一下。过程异常的缓慢和胶着，不仅是因为水灵之力的阻塞，还有风灵的微薄，令他一度起了放弃的念头，只不过没到最后一刻，他还是不甘心。

他小心翼翼地牵引着这丝风灵之力流转在他灵脉之中，好似一叶孤舟逆水而行。每一次灵气快要消散时，风灵又好似漾开了重重水波，日月交替，星辰变幻，而他沉浸在识海中一无所觉。直至他将灵力运转至灵核内，他还有些失神，已经不知道过去了多久，等他睁眼时，只见天地苍茫寥廓，飞雪覆盖了他一身，还在不断滚落。

趴在他身边的灵兽也呼噜了一下，浑身散发的光晕也消散了，好似被冻醒了。

"你是不是蹭我灵气了？"月白一把抱起披毛犀，沉得他差点放手，约莫是又长了一圈，"不过，你也跟着我修炼那么久了，怎么连只犰狳都打不过？"

十六

整个冬季冰天雪地，漫长而沉寂，月白都是在修炼中度过的。随着灵气的吸收，他体内的灵核也越发明显，他能感觉到银白色的光晕都强盛了几分，不似一开始的微弱。等他能够御风而行，跨越茫茫雪原，吸纳磅礴的水灵之力时，漫长的冬季已经不知不觉地过去了，转眼间风雪消逝，万物悄然复苏。

风柔日薄，春水迢迢，河畔又恢复了往日的生机。月白在料峭春寒中感知到了万物的生长，他沿途又待了一段时间才沿着萨拉乌苏河赶回部落。

少阴也早已回来了，许久不见，他好似又高挑了几分，与在春日野蛮生长的植物一般。他见到月白大吃一惊："你这是？"

月白看起来极为凄惨，身上破破烂烂，冬天还没换下来的毛皮，看起来又瘦又脏，长发乱糟糟的，只有一双眼瞳依旧清亮澄澈。他勉力笑了笑："别提了，我逃回来的。"

前几天他遇到了一只怪物的追杀，那是一只成精的犰狳，鹰眼蛇尾，极为狡猾奸诈，对他更是垂涎不已。月白自然不知道是什么怪物，还差点命丧它口。一开始犰狳装作受了重伤，他瞧了两眼，只以为是一只怪猫，说怪是因为它长得不伦不类，不过远古物种稀奇古怪的多了去了，月白没放在心上。

犰狳哀哀叫唤了两声就不动了，他想上去查看，只是被低吼的披毛犀绊住了脚。他心下生疑，就没敢靠近了。夜里却还是遭到了犰狳的暗算，这一次犰狳迷惑了他的神智，诱使他接近，月白鬼使神差地对着怪猫伸出了手。因此他差点被吸成了人干，等灵核一阵绞痛时，他才清醒过来，然后他拼着老命跟怪猫缠斗了起来，脸也被它抓烂了。

这只犰狳狡猾异常，使的也是一些阴险的偷袭招数，他灵力耗尽也没伤着它，关键时刻只能带着披毛犀跑路。后来他一路躲躲藏藏，才逃过一劫，也因此耽搁了几天。

头顶的几只兀鹰在天穹上飞旋盘桓，成群的斑鹿奔腾在草丛中，少阴骑着野马跟在后头追逐，手中的藤蔓精准地缠住了两只矫健又肥美的野鹿，将它们拖拽了过来。

他们带着烤鹿肉去拜见了巫祖，这一次比试月白还是输给了少阴，不过只差了一点，他灵力耗尽被少阴缠住了脖颈，月白被他拽得踉跄，忍不住呛咳："松……松开！"

少阴从一开始的游刃有余，到最后的势均力敌，下手就失了轻重，他迅速收起了藤蔓，眼神却极亮："我果然没看错。"或许过不了多久，他就不是月白的对手了。月白的天资与悟性令他嫉妒，却也激起了他的胜负欲。

他们俩又跟伏风比试了一场，这次是蓐收亲口要求的。这是一场持久而惊险的对决，灵气相互交汇，他与少阴配合默契，将一向冷静沉稳的伏风逼到了极处，残影相互交织，防御屏障轰然炸响，他们被灵力震开，伏风身形微晃，并没有倒下，只是神情极为凝重，双拳也握紧了。

他们还想爬起来再战时，蓐收突然出了声："就到这

64

里吧。"

没有分出胜负，月白也没什么不甘心的，他瞧了伏风一眼，还有点跃跃欲试。

伏风看了他一眼，眼神依旧很冷淡。

十七

转眼三大部落共同举行的春集到来，这是相邻部落之间互市的盛会，不只是三大部落，连同周遭依附的一些小部族也会参与，同时部落联盟会举行一场盛大的格斗比赛，从而角逐出部落第一勇士。

少阴一边走一边叽叽咕咕："他怎么会跟过来？"

月白不经意往后瞧了一眼，见伏风还是一脸淡漠地走在后头，也有点摸不着头脑："也许是来春集逛逛？"

月白拉住少阴，等了等伏风："师兄，你要跟我们一起逛逛吗？"

伏风脚步一停，淡色的瞳孔盯着月白看了一眼，许久才出声："嗯。"若不是接触许久，月白都要觉得他傲慢无比。

月白拿着他烧制的陶碗换了一些乱七八糟的杂物，像石器骨头什么的打磨起来费时费力，他觉得自己赚了。

少阴眼神诡异："你知道现在这些陶碗有多贵重吗？"

这些陶器的烧制需要合适的黏土与制法，就算现在交换出去，也没法很快普及，所以算是稀缺物件。

"再贵重我留着也是多余的。"

不过逛了一圈，还是有点收获，月白用全部家当换了一颗黑晶石，这是一颗可燃的炭石，是藤阴部落从遥远的部族交换过来的，不过黑晶石不多，几乎成为部落的珍稀燃料。月白想着，若是可以挖到黑晶石矿，那他们的燃料岂不是取之不尽。可惜也只能想想了，若是能随便挖到，也不至于这么珍稀了。

不远处传来一阵吵嚷，他们循声望过去，是藤阴部落的人围着一名少咸部落的少女。藤阴一族与蛇的渊源颇深，族人脸上和身上都有蛇纹，所以很容易辨认，其他族人对此很是忌惮。那些藤阴族人想用一条蛇来换少女的兔子，而少女不肯，因此起了争端。藤阴为首的男人面色阴冷，一脚踢开了少女的杂物："怎么，我想要换这两只兔子就不行了？"

少女脸色发白："我……我不换了。"她弯身捡起东西想逃，却被人踩住了铺在地上的兽皮："别走呀，不换也行，这条蛇我送你了。"他眼神黏腻又咸湿，从少女纤弱的身体上划过，簇拥着他的男人们也开始起哄，只见那条趴在男人肩上的蛇游走到了少女的脚跟处，似要往上爬。

"啊！"少阴手腕上的藤蔓飞速窜出，将那条尖头的长蛇缠绕甩开，蛇身在地上翻滚了几下，血溅溅了一点，彻底不动弹了。

少女吓得失声尖叫，被少阴一把护在了身后："攀汜，休得无礼！"

攀汜是藤阴族长之子，没少仗着武力和威势为非作歹，少阴显然也不是第一次与他起争执。

攀汜见宠物被他摔死了，大叫一声："你找死！"

月白瞥见他眼中闪过的诡谲之色，心中暗叫不好，这人莫不是借机挑起事端？据传藤阴族人颇有些奇诡异术，又能通蛇性，手段也是阴损毒辣，所以隐隐被其他部族排斥，所谓部族结盟，也不过是一时的权衡。

就在他们动手之际，怀黎带着族人匆匆赶了过来："住手！"

十八

这件事还是闹到了三大部落的族长那里，由他们从中调解，也就没有出什么乱子。只不过攀汜不像是要善罢甘休的样子，少阴也没能出手教训这一伙人，还有点不甘心。

摆摊的少女也不敢再过来交易了，她来向少阴道谢时还有点怯怯的，月白轻踢了少阴一脚，引来他似笑非笑的一瞥："月白说，他可以帮你。"

月白和少女面面相觑。他忽地弯起眼睛，有点揶揄的语气："他的意思是，这些货我们帮你卖出去就行了。"

少女瞥了少阴一眼，眼底飞快闪过一丝怅然，她胡乱点点头就逃走了。

夜里部族之间还举办了盛大的篝火晚会，据说春集结束之前，每晚都有一场盛大的聚会，这也成了不少青年男女的求偶盛会。晚会载歌载舞，又都是月白从未见过的远古歌谣和舞蹈，他看得津津有味，少阴却没什么兴趣，而伏风也游离在众人之外。周围不少含羞带怯的少女偷偷打量着他们，当然关注的最多的还是少阴和伏风，还有一名貌美的女郎过来邀请他们共舞，听说是部族里出名的美人。她似乎对伏风有点兴趣，眼神有意无意地落在他身上。

少阴打量了伏风两眼，这家伙外表孤高冷漠，在族人眼里却是神秘莫测的巫师传人，不管是外形还是实力都是出类拔萃的。他心念微动，灵藤闪逝而过，凑近几步，对曼妙女郎低语了一声，将伏风腰间坠着的那根羽毛交给了她。他又对月白使了个眼色："走。"月白被他拽着退出了人群，独独留下一脸漠不关心的伏风。

也不知伏风最后是如何脱困的，一整晚他脸色更冷了，少阴还被他揪住暴揍了一顿。后来回想起来，这也是他们三人难得聚在一起的画面了。

第二天就是最令人期待的三大部族角斗赛，各大部落中最骁勇善战的勇士都出现在了角斗场上。角斗只分出胜负，严禁伤人性命，否则以族规论处。

月白他们身为巫师传人，自然不能参与这种平常的角斗，只能在一旁观战，不过这也算是难得的热闹了。月白还在角斗场上看到了鸠野和狄云的身影，他们都是月氏部落中数一数二的勇士，击倒了不少对手，获得了不少喝彩。

令月白他们忌惮的是攀汜，这人手段阴毒，在角斗场上更是逞凶斗狠，下手不留余地，一连战胜了不少被推崇的勇士，成为决赛的候选人。只见少咸部落上来挑战的壮汉被攀汜踩住了胸口，那一脚下了重力，引得壮汉一声痛苦的闷哼，隐约有血迹从他口鼻中溢出。

少阴一脸愠怒，脸色阴沉得可怕，但是他们作为巫师并不能干预部族角斗。

攀汜冲围观的他们露出了一丝挑衅的笑，又对着壮汉道，"少咸部落，不过如此。"

结束了这场角斗，少咸部落的族人也颇觉羞辱和愤慨，就在其他族人想要冲上去的时候，有一人已经越众而出，那是一名身材矫健的青年，侧脸轮廓与少阴有两分相似，只是比起他更加成熟稳重。

"少族长！"少咸部落的族人都振奋起来了，少族长涂姜悍勇无匹，他是少阴的大哥，只不过这一次角斗赛他无心参与，将机会留给了族人。面对攀汜的挑衅，他却不能坐视不理了。"下一场，你的对手是我。"

相对而立的涂姜和攀汜，只留下了一个眼神交汇。

涂姜带着人越过了攀汜，又向三大部族的族长和长老禀明了来意。虽说涂姜在上一年的角斗中输给了怀黎，但他的实力众人有目共睹，也并没有反对他参与角斗。

十九

决战就在第二天，等到涂姜再次站上高台时，迎来了族人热烈的拥护，众人都热情高涨地等待决斗的落幕。

没有武器，只有最原始的激烈搏斗，双方左突右击，疾闪疾退，时而猛烈强攻，时而意外突袭——出其不意的招式，令人眼花缭乱的肉体碰撞。

涂姜爆发力惊人，而攀汜却以诡邪狡诈的身法和招式见长，疾风暴雨的强攻也没能重创他，双方越战越烈，月白隐隐觉得有气流浮动。不知过了多久，迅猛的爆发消耗了大量体力，涂姜遭到了攀汜几次若有似无的奇袭，他柔软弯折的身体像是无骨的毒蛇，涂姜在被他抓住的间隙狠狠捣了腹部后，像是落了下风。

少咸族人一时揪起了心，在涂姜露出些微破绽后，攀汜觉出了他的疲弱，又狠狠袭向他的腹侧，却没料到这一次被狠狠钳住了手肘。

涂姜一个错步，大力往后拧住了他的胳膊，骨头传来沉闷的咔嚓声，在攀汜的一声惨嚎中，他又一拳砸向攀汜的脊背，令他骤然失力地倒在了地上。这一下涂姜留了一丝情面，只让攀汜麻痹了整个身体，失去了行动能力，若非如此，攀汜的脊柱会被直接砸断。过了一时的脱力，攀汜还要强行挣扎翻身，涂姜又往下狠狠摁住他脊骨以示警告："你输了。"他的语气极平静，打斗过了这么久，他并没有想象中的那般力竭，反而游刃有余的模样。

攀汜瘫倒在地，一瞬的失神后，眼神浸透着阴冷与怨毒。

胜负已分，涂姜迎来了部族热烈的欢呼，场面异常喧闹，少咸族人更是大喊起了涂姜的名字，他还没来得及回应，就见一道细长的黑影如鬼雾般一闪，他迅捷躲避，却没料到那黑影如同锁定了一样袭来。

"大哥！"几乎是在一瞬间，少阴手中的藤蔓就飞速窜了上去，却还是晚了那么一瞬。一切都在电花火石之间，其他人还沉浸在欢呼与雀跃中。那道残影狠狠地蛰了一口涂姜的皮肉，他只觉得颈上又麻又痛，呼吸骤急，一阵窒息感袭上心头，视线顿时黑沉模糊，直直倒在了地上。

少阴目眦欲裂地冲了上去，却只来得及看见涂姜七窍流出了些微血液，短短数秒内他瞳孔放大，抽搐了几下后就似窒息而死。少阴颤着手触及涂姜颈部，一时连呼吸都停顿了。

"攀汜，你怎可暗算伤人！"少咸老族长见此情形，呆怔了好一会儿才反应过来，气血攻心之下忍不住怒喝出声，只不过他声音发颤，透着一股子悲怆的嘶鸣。藤阴族长也起了身，冷眼瞧着混乱的人群，神情晦暗难辨。

此刻少咸部落群情激奋，藤阴族人也围了上来，双方剑拔弩张。

攀汜看着倒下的涂姜，毫无表情的脸孔甚至有点诡异。

少阴却转过了脸，眼眶充斥着血色，手中的灵力呼之欲出，指向攀汜："我杀了你！"

攀汜险之又险地躲过，又被族人簇拥起来，藤阴族的蛇群瞬间躁动起来，四处游弋，惊得不少人尖叫逃跑，逐渐失控的两族被愤怒与仇恨支配，眼见就要陷入一场混战。

月白和伏风也被挤在了人群之中，警惕到了极点，他忍不住喝道："难不成你们还要放蛇杀人？"

"都给我住手！"只听得怀黎在上方传来一声暴喝，"若有出手者，就是与我部落联盟为敌！我已派人去请巫祖，还请各位族长约束族人，此事我会交由巫祖处置，定会还大家一个公道。"

攀汜落败后泄愤杀人，本就是令人不齿的小人行径。他害死涂姜，本应捆起来等候发落，可是藤阴部族以蛇群威慑，显然不打算交人。一场暴乱在所难免，或许他们就是故意挑起事端。若是联盟破裂，各族再度陷入混战，又会牵连多少无辜族人！

怀黎早已经派人过去请示巫祖了，事关三大部族联盟，即使是月氏部落，也无法以一己之力平息，只能请巫祖出面了。

少阴最终还是被族人拉住了，这也是少咸老族长的意思，尽管两族相互仇视，但是他们不能不顾及巫祖，还有部族联盟的维系。藤阴族也好似有所忌惮，毕竟月白他们身为巫祖传人还在这里。若想控制局面也并不难，在藤阴族长的一番斥责下，他们并没有再放蛇咬人。

二十

蓐收被请来时，表情极不耐烦，他瞥了一眼混乱的人群，直接命令攀汜一命偿一命。藤阴族长求情，也被他顶了回去，还漫不经心地敲打了他一番。他轻轻瞥了一眼被死死捆住的攀汜："此等心性狡猾凶戾之徒，恶意杀人挑起两族争端，不如就处以火刑，以免族人又生出异心。至于蛇群误伤的族人，还望你藤阴部族出面抚恤一二，这些蛇群不受控的话，留着也没什么用处。"

藤阴族长瞥了一眼蓐收肩上的银蛇，眼底闪过深深的忌惮。他知道以自己族人的实力，万难对抗另两大部落，而且对方还有道术高深莫测的巫祖撑腰，因此即便万般不舍也只得照做。

为了平息众怒，怀黎决定在各部族临走之前，设下祭台将攀汜处以火刑，以儆效尤。藤阴族人惧怕蓐收，不敢再掀起风浪。

月白和伏风觉得攀汜那条毒蛇可疑，藤阴族所豢养的蛇群鲜有这种剧毒，大多是无毒的蛇，操纵时不至于误伤人的性命，能够操控毒蛇的寥寥无几。这种能瞬间取人性命的小蛇并不常见，那条毒蛇细长如虫，灵活诡异，连其族人也未曾见过，不知攀汜是从哪里得来的。当时场面混乱，细蛇早已不见了踪影，他们如今要找来交给师父，却也无迹可寻。

入夜时分，萨拉乌苏草原上又突生事端：被捆缚控制起来的攀汜竟趁夜逃出，还杀了两名看守的族人。火光燃起时，伏风和月白瞥见丛林间一丝异动，纵身追了过去。

攀汜逃得极快，若不是月白他们身怀异术，恐怕也寻不到他的踪迹。两人穿过黑黢黢的丛林，却不见了人影。伏风微微侧过脸，手中风刃切割过树丛，只见一道黑影滚落了出来，月白手中聚起灵力挥向攀汜，直接砸向了他的胸口，令他闷哼一声倒地不起，生生呕出了一口血来。

攀汜还要再逃，伏风随手挥出的道道风刃割开了他的血肉，令他惨叫不已，风刃差一点就割开了他的脖颈，这

是他的威慑与警告。月白指尖聚起灵力，甩过旁边一根藤枝收紧将他捆了起来，他拽着枝条的尾端将他往前扯了一下："劝你别再动什么歪心思。"

攀汜用阴冷诡异的瞳孔盯着他们两人，忽地发出一丝尖厉的叫声。

"小心！"月白被伏风大力拽起，一息之间退后了几丈远。只见草丛间窜起无数条细蛇，蛇头似盯住了他们一般袭来。这时，铺天盖地的风刃卷起，无数蛇头被斩落，却没料到被割断的蛇头还能扑咬上来，他们这是被蛇群包围了！

攀汜像是柔软的蛇一样挣脱了束缚，掉头就跑。月白心念急转，灵力从他体内喷涌而出，蛇群立即被层层冰晶冻结，又瞬间碎成了残渣。他们正在喘息之际，月白体内忽然一阵枯竭的灼痛，只得喊一句："伏风快追！"

伏风如残影掠过，径直朝着攀汜追寻而去。月白缓了几口气，也冲了上去。一路从山道往上疾追，前头是一道峭壁峡谷，湍急水流在峡谷中震耳欲聋，眼见攀汜想要跃下脱身，若是等他跃入峡谷，恐怕再难寻得他的踪影了。伏风顾不得抓人，瞬息调转了所有风灵之力，一记杀招化作白虹，巨刃从背后劈向了攀汜。攀汜的身影僵直了片刻，软软地倒在了草丛间。

月白赶上来时，也被伏风四溢的凛冽杀气给惊呆了，光刃的残影还未消逝，他瞧了瞧血肉翻飞、拦腰截断的攀氾，汗毛都要竖起来了，伏风的风灵也太恐怖了，攀氾怕是死透了。

"尸体带回去？"

伏风没说话，月白正想动手去拖尸体，却见尸体又动了动，骇得他连退数步，就差又蹦起来了："诈尸啊！"

"闪开！"伏风又一记风刃横劈而下。攀氾的尸体又被裂成了两截，却还在蠕动。月白还以为又是什么暗算，躲得远远的，还拉住了伏风。却见不消片刻，攀氾的血肉迅速消弭，尸骨在转瞬间化作了一摊血水，一条细长的黑影一闪而逝。

他张口看着这诡异的一幕："怎么回事？"

伏风神色也有点凝重："我也不知道，先回去。"

二十一

攀氾半夜出逃，引发了众怒，怀黎从中调节也无法阻止其他两族之间交恶，最后还是蓐收出面才避免了又一场冲突。

等到月白他们向巫祖禀明攀氾身死后，这件事才终于平息，也算是对少咸部落有了交代，只不过藤阴族长的脸色却不太好看，又被巫祖申斥了一番，算是最后的震慑了。

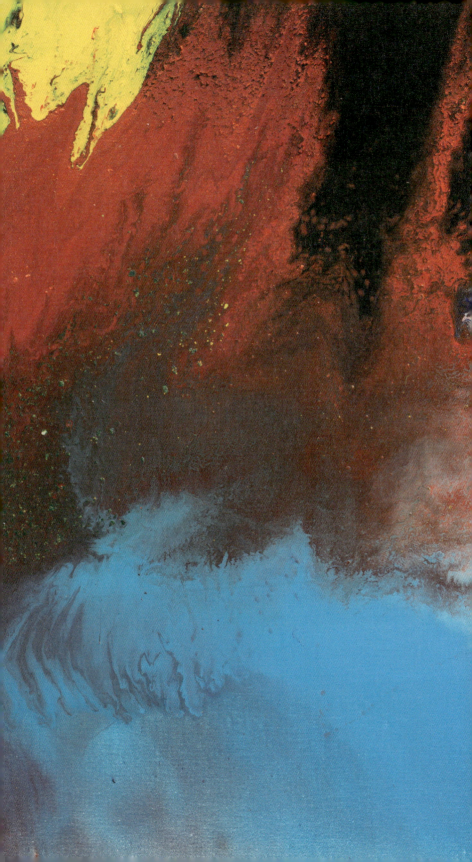

藤阴族这般忌惮巫祖，是因为他不仅有通神之力，可以轻而易举地操控万蛇，还有雷霆般狠厉的手段，若是真惹恼了他，一族覆灭也不过是弹指间。

师徒几人留下密谈，他们也是从蓣收口中得知攀汜体内应是种下了蛇蛊，才能操控毒蛇为他所用。藤阴族早已生出了异心，连攀汜也是被人暗中操纵。

毕竟他身上的蹊跷不是一星半点，单说那剧毒的小蛇，萨拉乌苏境内从未见过，若无秘法异术，绝不是区区一个攀汜能豢养驱使的。

"这样的手段……"蓣收的脸色有些阴沉，"或许只有那个人了。"

"是谁？"月白见他面色不虞，有点小心翼翼地问。

蓣收瞧了他们一眼，眼神微眯了一瞬，有点阴戾："岐守。你们或许听说过，堕为邪巫的那个人。"他嗤笑一声："不过是自寻死路的蠢货。"

月白也是才知道邪巫之流的。说起邪巫，他们是邪灵的信徒，跟邪灵一样汲取一切凶戾怨气为己所用，修为更是诡邪莫测，修炼起来比他们这些灵修容易许多，往往踏上邪修一途，只会横生杀孽与血腥。不管是邪巫还是邪灵，他们都是将集结的凶怨煞气化为魂力，与灵修生出的灵力相克，所以是他们的死敌。

而现今自称圣巫的岐守，当年与蓣收师出同门，他天赋极高，只是一朝生起异心步入邪道，成为祸害一方的邪巫，蓐收屡次欲铲除他，却被他设法得以逃脱，如今也不知道龟缩在哪里了。

"我也要闭关一段时日，你们不如外出历练一番，遍游九州，我听闻南部近些时日不太安定，或许是有妖邪作祟，你们此行小心行事，替我探查一番，若是遇到凶险，可千里传音与我。"他丢出一只海螺。

月白忙不迭地接住，这算是救命的法宝了吧？

蓐收瞧见他那副如获至宝的模样，不由挑起唇："不过传音而已，等我赶来，你们还有命在，我也不吝出手。"

这时少阴异常的沉寂，他缓缓跪了下来，面色有过一瞬的阴鸷，再抬眼时，他眸光决然："巫祖，部族重任难弃，请恕弟子叛离之罪。"

自从涂姜被攀汜放蛇咬死后，少咸老族长痛心疾首，回去后生了一场重病，本就力不从心的身体更加衰竭了，即使是巫祖看过后也没什么起色。部族联盟中，少咸部落本就势弱，如今少族长被人所害，族长又罹患重病，族内一时之间人心惶惶，还有几方势力暗中较劲，似有争权夺位之意，只是部族中可堪大用之人，却无从挑选。若是再不能控制局势，相争祸乱不过是早晚的事。当此时刻，少阴作为族长次子责无旁贷，只能向巫祖请辞，回归部落接管族内大权。

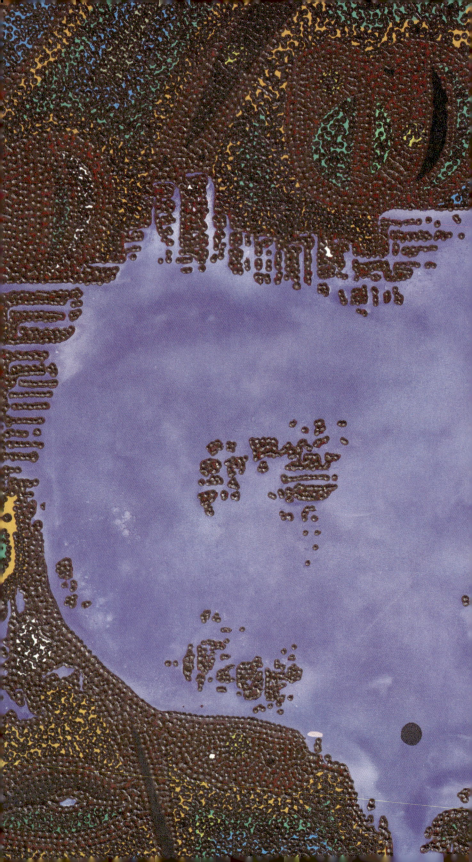

蓐收眼神落在了他身上，幽深却没什么情绪，"你可想好了？一族之长，也只能是毫无灵力的普通人，你也知道？"

少阴眼中闪过一丝沉重，点头称是。

蓐收不过抬手之间，一层金光将他整个人包裹住。少阴紧紧咬住牙关，青白了一张脸，隐约感受到灵核黯淡了下。他再次行叩拜大礼，才缓缓撑着身体站了起来，似要离开。这是封印灵核的禁术，自此他就算是被逐出了巫祖门下。

这是历任巫祖定下的规矩，若是身为族长，凭借灵力修为倾轧一方，反而会惹起无尽祸端，所以各部族中的族长，只能是普通人。而身为巫师，只能庇佑一方，却不能擅自插手部族事务。只是少阴早已修成灵体，他本是一心修行，以他的天资，成为巫师不过是早晚而已。

"少阴……"这些时日，月白早已将他引为挚友，可是却在少阴的眼神中，说不出劝诫的话来。他心意已决，不是他们可以改变的。他也知道少阴为何做出这般决断，只是依旧感到一阵难言的怅惘与茫然。

蓐收眼神越发幽微难辨，却只是意兴阑珊地摆了摆手："都出去吧。"

月白追了出去，只是他跟在少阴身后，一时不知该如何劝慰，内心也一片惶然。却见走在前头的少阴倏地转头，眼神有点释然："走吧，我送你们一程。"

他放不下族人，只能止步于此，而他们的旅程才刚刚开始。

二十二

月白和伏风临走时，还是暮春，沿着长河一路南下，历经数月，穿梭于山川湖泽，游走于南北各族，度过了炎炎酷暑，又熬过了数九寒天，彼时他有灵力护体，已经不惧寒热交替了。

伏风也只是看起来冷淡，相处久了，才觉得他也不似一开始的寡言少语，他这人见多识广，又沉稳可靠，作为同伴也无可挑剔了。只不过令他没想到的是，看起来老成持重的伏风，年纪比他们还小，月白想起以前还喊他一声师兄，又瞥了一眼他冷漠帅气的脸，咧嘴笑了下："小师兄？"

混熟了之后月白又暴露了顽劣本性，一路上给伏风招惹了不少麻烦，捉弄和玩笑更是家常便饭，惹得伏风这般冷漠的少年也怒从心头起，没了好脸色。

南境就如蓐收所说，各部纷争不断，又时常有妖邪出没。他们初入南境，就听说了漓水中的食人水怪，不少族人都被拖入了水底，水怪有时还会在夜间爬上岸，如蛇影般神出鬼没，杀人于无形，他们寻了半月才终于揪出了一只巨型水蛭。

再往南穿过茫茫翼山就能抵达九夷族，他们本来打算飞过连绵的山脉，先去其他部族探查一番。只不过披毛犀先他们一步，一头扎进了深山，月白还以为翼山中藏有什么奇珍异宝，也追了上去，果然找到了一片果林，其中一棵灵树上结了两颗红宝石似的灵果。月白摘了果子咬了一口，滋味确实还不错，吃完只觉灵脉一阵暖意，灵力似更充沛了几分。他将灵果喂给了毛团，忽觉头顶风声扇动，两只硕大的火红罗罗鸟盘旋飞过，遽然尖声长唳，嘶鸣声似要刺破苍穹。炽烈的火焰喷涌过来，烧得他们连滚带爬，翼山燃起了滔天烈焰，罗罗鸟更似发了狂般追杀他们。

月白跟毛团被烧得上蹿下跳，眼见他们被困在了火海中，罗罗鸟张开大嘴又喷出炽焰，劈头盖脸地砸了下来，月白脸色微变，掌心也蕴起了灵光。一声长唳，一只巨鸟挥闪着羽翅疾驰而过，将他们提了起来——是伏风的灵兽羽嘉！

巨鸟羽嘉疾驰逃远了，两只罗罗鸟穷追不舍，烈焰从后喷涌。纵使羽嘉敏捷也不免被烧焦了羽翅，逃了半个多时辰，后头的罗罗鸟才气力不济，羽嘉又加速将其远远甩在了后头。

毛团驾轻就熟地跳下来，还蹭了蹭羽嘉的鸟头，又欢快地跑了过来："哞——"

月白屈指抵住了毛团凑过来的脑袋："闯祸了，知不知道？"

月白偷觑了一眼伏风，在他越发冰冷的眼神中，也有点讪讪："这……这不是它贪吃吗？"他也不知道那是罗罗鸟的灵果，还以为是什么野果。

伏风口内似吐出了冰碴："滚回去灭火！"

月白花了半天，才熄灭了翼山那一场大火，灵力也耗尽了，好在没遇到那两只暴怒的罗罗鸟，也不是打不过，只是他们理亏，又怎么好动手？

九夷族是南境最大的部落联盟，只不过境内时有动荡，最近还流传出一些耸人听闻的诡秘传言，说是九族遭到了邪灵诅咒，不时就有族人离奇丧命。月白他们探查时，发现一些族人的身体完好无损，宛若陷入昏睡，只是再也没有醒过来。族中还举行了祭祀，但诅咒还在蔓延。月白却觉得，不像是诅咒，反而像是丢了魂魄。他们追踪了数月，也没有寻出半点线索，直到夜间遇到了一只伥鬼的偷袭，差点被摄取精魂。

他是猝然从睡梦中惊醒的，那一丝阴冷气息侵入时，他脑袋一阵凿碎的锐痛，那只鬼影被灵气震荡开来，扭曲成模糊的形状，原来就是这只伥鬼吞食了人族的魂魄。

只不过他们在捕捉伥鬼时，遇到了一个不速之客。

逃窜的伥鬼几近魂飞魄散，情急之下喊了一声："主人救我！"虚空中一团黑雾闪现，化作了一张熟悉的脸孔，竟是……攀汜！他怎么可能还活着？！

此刻，月白已经分不清攀汜到底是人是鬼了。攀汜见到他，青黑的面孔上闪过血色纹路，"是你们？！"他浑身上下泛出的阴寒煞气令人心惊，这是沾染了无数血煞怨气所凝聚形成的。攀汜双手从虚空中凝出两团黑雾，分散化作了源源不断的怨气，他对着伥鬼吩咐道："杀了他们。"

夜幕下的荒野，骤然炸起了一团又一团白色光晕，水灵与风灵之力环绕飞旋，无孔不入的怨气与之缠斗在一起，风声渐起，一道道风刃无情地穿刺收割着侵袭的怨气，月白和伏风背靠在一起，以灵力撑起弧形的攻击法阵。

伥鬼隐匿在漫天的怨气中伺机而动，趁他们分身乏术之际，冲向月白背后偷袭，月白脚底的毛团却敏锐地跳起来，吐出了一团白光，阻碍了他的动作。

月白似有所觉，掌心一瞬间被倾注了灵气，他狠狠往后一掷，将伥鬼打散了。飞舞盘旋的怨气也被他与伏风合力施法困住，透明光弧在一瞬间炸裂成白光与气流。

攀汜又操控着黑雾疯狂地侵入，只见黑雾所经之处，吞噬着万物之灵，连荒野中的草叶也被腐蚀化为虚无。

月白与伏风聚起灵力抵挡，灵光触及黑雾，渐渐溃散成点点荧光。毛团嗷嗷两声，转头就蹿出了半里远。

他们俩化作了两道流光，一团银白色光晕穿过黑雾，骤然袭向攀汜。攀汜已经是强弩之末，躲闪之下收了手，却像是遭到了反噬一般，脸上血线密布，隐隐有红光闪逝，似要撕裂魂体一般。他最后看了一眼月白两人，空洞的眼睛如鬼魅般瘆人，转瞬化作一团黑雾又消失在了荒野。

而那只被打散的伥鬼想要逃，却被伏风困在了光团中，随时一掌就能捏碎。他们审问伥鬼后得知，攀汜早已成为邪巫岐守的傀儡，在残忍的炼化中成为邪灵的耳目。所谓的邪灵，按照蓐收所说，在上古传说中是诞生于灵界的邪物，还有些是集怨气而生，而岐守竟然能将生魂炼化成邪灵。伏风挥散了光团，两人的脸色都有些凝重。

二十三

在游历大江南北时，月白和伏脸又遇到了诸多奇形异兽、妖邪鬼怪，有些穷凶极恶，动辄为害一方，还有些隐匿于山野湖海之间，逍遥自在。

月白还结交了不少通晓人性的精怪，他们俩一路上降妖除怪，在一次次实战中成长了不少，修为说是一日千里也不为过。

途中，月白和伏风终于寻到了一处黑晶石矿脉，只不过他们还没来得及深入地底，就收到了海螺中的传讯，蓐收命他们速归。

来不及询问缘由，他们俩一路风尘仆仆地赶回了部落，这才知道族中接连出现了重大变故。

他们走后没多久，少咸老族长就病重身亡，而少阴被推举成为下一任族长。期间一年多，巫祖一直闭关未出，藤阴族按捺不住，趁机寻衅，少咸与藤阴两族之间冲突不止，月氏部落从中调停，但无济于事，反而差点卷入纷争。最终两族还是爆发了一场激烈的混战，彼时少阴早已寻到了驱蛇的毒草，新仇旧恨下双方杀红了眼，血色染红了汩汩流淌的萨拉乌苏河水。这一场混战持续了两天，少阴带领族人惨胜，部落元气大伤。而藤阴一族也由此覆灭，余下的族人四散流落到了其他地域。

一波未平一波又起，一场暴雨后，各部落之间突然散播开来一场瘟疫。一开始只是有人突染恶疾，后来疫病蔓延到了其他各个部落，族人染病后呕吐发热不止，不过半月就不治而亡，死后尸身腐烂恶臭，令人闻之色变。

月白他们赶回来时，疫病已经波及了月氏部族，染病的族人被送入了大洞穴单独安置，只是瘟疫仍旧给所有族人笼上了一层浓重的阴影，即使是巫祖出面，一时也没能寻得解救之法来遏制瘟疫的蔓延。各族中都有遣人来向巫祖求救，还有一些小部族举族前来寻求庇护，一时间萨拉乌苏地域内群情骇惧，人心惶惶。

月白他们俩跟着蓐收遍寻草药，半个多月过去了，但这些治疗时疫的汤药却没什么效果。就在他们一筹莫展之时，蓐收举行了一场隆重的祭祀，灼灼烈焰燃起，将腐臭糜烂的尸体焚烧，滚滚烟火直冲云霄，而他神情肃穆，阖目感应天地神灵。冥冥中，月白似有所感，或许蓐收是在与历任巫祖先辈沟通也说不定。这一场盛大的仪式也令族人安心了不少，至少没有再出现大规模的暴乱了。

祭天过后，蓐收就命他们前去寻找名为貔貅的瑞兽，听闻貔貅百邪不侵，又能吞万物而不泻，或能祛除疫病。而月白他们俩从蓐收口中得知，族人所传染的根本就不是一般的瘟疫，而是由邪灵散播的恶浊毒瘴，感染后与瘟疫相似。月白想起从他们手中逃脱的攀氾，不由问道："这次毒瘴作祟，会不会又是邪巫岐守的阴谋？"

蓐收眉心拢起："族人死后，我感应不到他们的生魂，这才觉出其中蹊跷，岐守召唤他们作乱，集结怨魂之力，或许又要酿成一场灭世之灾。"

月白想起了前世邪灵恶魔伏击的一瞬，顿时一颗心也沉入了深渊……

月白他们耗费了将近一个月，才寻得了神出鬼没的貔貅相助，这只貔貅早已化形，活了也有千年之久，可以算作他们的老祖宗了，若不是伏风的灵兽羽嘉与他有点渊源，他们根本找不到。好在貔貅通情达理，不仅替他们祛除了毒瘴，还为他们寻到了蘼芜草治疗族人，只不过这场疫病令部族死伤无数，饥饿与病痛令残存的两大部落一时凋敝，更遑论周遭那些险些灭族的小部落。浓重的哀伤萦绕在族人心头，久久不能散去。

疫病过后哀鸿遍野，九州各大部落无一幸免，而月白他们陪着貔貅又辗转各族，耗费了三个多月，才彻底祛除这场瘴疠。

二十四

漳渊之下，鬼谷之中。

无数怨魂被炼化成源源魂力，被一道端坐于悬石的黑影所吸食，等到最后一丝魂力也钻入他体内，那人才缓缓睁开了一双血瞳，眼神中闪过一丝癫狂："化神……"

他抬起枯瘦如鹰爪的手掌，一颗透明的光球被抛掷到半空，他聚起魂力覆在了光球上，过了不知多久，光球倏地产生了一丝波动，而他的眼神更加狂热，连双手都微微战栗起来。只见透明的光球中，缓缓现出了一道人影，那人垂坐于河畔，原本还在闭目养神，循环往复的灵力却忽然消散，少年睁开了一双亮如寒星的眼瞳，好似透过光幕径直望过来。

那是纯灵之体！

月白一阵心悸，似被突然惊醒，他又四处搜寻了一番，那股异样的感觉却久久不散。这一整日，他眼皮狂跳，这让他有一股来自灵魂深处的战栗，往往这就是他要倒大霉的预兆。

送走了貔貅，他们返程时又寻到了那处山中的黑晶石矿脉，过不了多久又要入冬了，这条矿脉可以开发一下，毕竟作为燃料确实耐用，他们俩准备先开采一批运回去。

在他们俩挖矿时，月白捂住又狂跳起来的眼皮："要不然我们还是快点回去吧？"话落，只见矿洞内几块裂石松动，他偏头躲了躲，恰好砸了他一脑门，他捂着脑袋哀哀叫唤。

见他这副滑稽模样，伏风难得莞尔："那好吧！"

他们接连赶了三天路，夜晚燃起一簇篝火后，月白有点昏昏欲睡，伏风坐在一旁守夜。山野间忽地传来簌簌两声，伏风远远瞧见一丝异光闪动，似是幽亮的瞳光，他对着迷糊睁眼的月白说："我去看看。"

月白也困得睁不开眼，只晃了晃脑袋："等等……"等他一骨碌爬起来时，哪里还有伏风的半点踪影！该不会又是什么怪物吧？他们前几日还遭遇过一只凶残的猲狙的袭击。

怀里的毛团呼哧两声被惊醒，差点没滚下来，月白将它放下去，揉着酸痛不已的胳膊，"我是真的抱不动你了，

撒娇也没用。"

又过了一会儿，月白还没等到伏风，四处奇形怪状的树枝变成了张牙舞爪的模样，灌木丛中不时传来一两声阴恻恻的异动。不知为何，他今夜格外困顿，等了一会儿，他瞧着明灭的火堆，又微阖上了双眼。不知过了多久，他突然惊醒，一睁眼就瞧见一道黑影矗立在不远处。

"伏风？"

今晚没有星月，火堆也彻底熄灭了，以至于有点看不清来人的面目，等他睁眼看见熟悉的面孔，不由松了一口气，"回来了？没事吧，怎么去了那么久？"

"不过是一只狸猫，已经处理了。"

月白抱起毛团，眼眸微动："这样啊，我们得快点赶回去了。"

也不过是在转瞬，他手心聚起一团光晕，将他整个人包裹在里面，这是一道传送的法阵，可以将人随意传送到他处，他还未掌握要诀，只不过眼下也顾不得许多，他有一种极其不祥的预感。

一丝魂力悄然缠上了他的脚踝，就在他要逃脱的那一瞬，骤然聚起的灵力消散成了光点，成形的阵法也没了支撑，刺骨的阴寒渗入骨髓，他再也聚不起一丝灵力……他抬眼望过去，对上了那双青黑的瞳孔，伏风的皮囊化为了齑粉，露出了那人本来的面貌——攀氾！魂力渗入他体内，缠绕着他鼓动的心脏，恍惚间，他听到了羽嘉一声狂躁的长唳，一颗心直往下沉。

糟了，伏风……

耀眼的青光划破了黏稠的黑雾，贯破长空的爆裂声令整座山林震颤嗡鸣，黑雾化作巨口将青色的人影吞没，一道虚影穿透了巨鸟的身躯，羽嘉只长长哀鸣了一声，便垂直坠落，轰然倒地。

这一声，似来自远方的呼唤。

毛团发狂一般死死地咬住月白的脚踝，拼尽全力想要把主人拖回来。这时黑雾中一声厉响，毛团还没来得及发出一丝哀鸣便身首异处，血肉模糊。攀汜拖着月白，随着岐守分化出的那道虚影，一同隐没在了黑色的法阵中。

不知过了多久，虚空中才缓缓走出一道颀瘦的人影，蒣收抱起已无生息的毛团，指尖微动，捡起了那只被遗落在草丛间的海螺……

二十五

深渊之下。

无数尸骨堆积，灼灼烈焰燃起，整个鬼谷沦为了火海，困在结界中的怨灵被残忍炼化，而祭台上被割断咽喉的灵修，血液汇聚在法阵的红色纹路上。攀汜和诸如戚亥逐尾

等徒众一看大事不好，拼命想要逃离炼狱，却和无数怨魂一般，最终沦为了岐守的祭品。

月白再次睁眼时，他浑身被束缚在染血的灵藤中，被尖利藤蔓割开的血口令他虚弱到了极致，而血线从他身上蜿蜒流动，汇聚在法阵的光纹上，血红的纹路仿佛被激活一般越发疯狂流窜。

灵脉中灼烫的触感好似要将他的整个灵魂焚烧，邪异的力量吸附吞噬着他的精魂，他却使不出一点灵力，死亡的恐惧再一次蔓延上他的心头。

法阵中的岐守睁开了双眼，望着月白的目光透着病态的狂乱。他缓缓走了过来，伸出枯枝般的手掌覆盖在月白的心口处，这里不仅是他的心脏，也是灵核所在。

月白提不起一丝力气，一股寒意窜上心头，浑身寒毛都要竖起来了，或许在下一刻，那只手就要穿透了他的皮肉，抓握住他跳动的心脏。

岐守细长的眼中闪过一丝贪婪与灼热："纯灵之体，神魂转世。"

剜心的剧痛袭来，月白体内的灵核好似被寸寸剥落，在血肉之中流窜，月白心下微冷，他蓄起最后一丝精力，眼下唯有引爆灵核，或许才能阻止他被生吞活剥的命运了。

"嘭——！"一声巨响爆裂在耳畔，成形的法阵剧颤，血光渐渐弱了下去，从半空中裂开一道狭口，闪现出一道熟悉的身影。那人匆匆赶来，白色长发宛若银蛇狂舞，挥手之间法阵就震颤着支离破碎，数十道银色光束斩向岐守，被他旋身躲开，一条银蛇又扭曲爬行着倏然缠上了岐守。

光束又化作几道利刃，轻而易举地割开了月白身上的灵藤，只是他还是调动不起一丝灵力，直直栽倒下去。

蓐收不过瞬间就提起了月白，他像捏小猫一般地紧箍住他的脖颈，一股强悍的灵力从他后脖颈流窜到了体内，四肢百骸都被那股充沛的灵力冲刷而过，乍然暴涨的灵力将那一团阴冷的魂力从心口逼出了他的体内。

赤色火龙袭来，月白还没反应过来，就被蓐收给甩到了一边，他滚了几圈才险险地避过了燃起的炽焰。

而蓐收与岐守已经过了数招，那条银蛇早已化作了一只巨蟒，跟一团黑雾状的猰貐打得不可开交，炫目的光波在高空中炸响，雷电与风雨交织，滔天的水柱倾覆而下，追逐着鬼谷中熊熊燃起的烈焰。

月白手掌微动，倾注灵力凝聚起透明的冰锥，甩手挥向了那道半空中的黑影。疾速飞旋的冰锥从岐守背后刺入，一招落空后又逆转方向追寻着岐守的身影而去，见缝插针的袭击令其不胜烦扰。

邪巫岐守与蓐收对峙，只斜睨了他一眼，抬手便撑起一团光罩，挡下头顶雷霆般的爆裂。电光火石之间，炸裂的光点又化作丝网状的光线缠绞住黑色身影，瞬息收紧切

割，被月白操纵的冰锥也在同一时间穿透岐守的胸膛。

岐守却化作了一团雾气四散，一缕黑雾游离着俯冲下来，月白凝神不敢有丝毫懈怠，疾速闪避着那丝黑雾的袭击。

深谷中传来一道又一道重叠的回声，仿若某种邪恶的诅咒，透着一股轻慢与嘲弄："师兄，没想到过了几百年，你还是没什么长进……我会让你亲眼看到，我是如何成神的……"

蓐收好似也嗤笑了一声："就凭你？"

他双手抬起交叠，聚起了一道金色光弧，缓缓撑开后笼罩了整个夜幕，金光化作成千上万的光点，星星点点追逐着无孔不入的黑雾，浮光流动时璀璨夺目，好似引动了星辰之力。

丝丝缕缕的黑雾触及光点就消散了，残余的雾气聚成了一道黑影，冲破光影又与蓐收缠斗在一起。风驰电掣，一道又一道巨刃携着刺目的白光从天而降，一阵地动山摇，将深谷劈开了一条条的裂缝，月白惊得四处逃窜，这到底是要决斗还是要毁天灭地啊？

一股阴凉气息追上了月白，让他头皮瞬间发麻，他几乎是凭着本能躲过了袭来的阴风。

月白抬手就聚起长刃斜劈过去，疾风擦过他耳畔，划过一条血痕，瞬间他与黑雾过了数招，被魂力腐蚀过的皮肉泛着噬骨的疼痛，侵袭而来的魂力令人防不胜防。

月白就算是看不到，也知道自己的身形已经化作了残影，黑雾化作的人影，或许是岐守祭出的一道分身，出手狠辣刁钻，狡猾得令人心惊。

高空中缠斗的两人相持不下，蓣收分身乏术，一时也顾及不了他。

月白身上的伤口越来越多，冷汗与血水浸透了他全身，漫长的拉锯战过后，灵力也几近枯竭，再也支撑不住防御的光弧，他迅速施了一个光咒，化作无数细小的光箭袭向黑雾，只不过他的招式一一落空，被打散的雾气又重新聚起，不知疲倦地缠上来。

神经崩到了极致，浑身每个毛孔都似爆裂般地扩张，灵核泛起灼热的噬痛，被抽取灵力时，灵脉也好似岩浆冲刷过，连灵魂都剧颤的痛意令他浑身发冷，只是略一迟滞，黑雾再次出现时，一张惨白光滑的人脸贴上了他的心口，人脸上张开了巨口，尖利的獠牙穿透了他的皮肉，下一秒就要吞下他还在跳动的心脏……

不！一股从神魂处蔓延的神秘力量遍及血脉流入他的心口，似要碎裂的灵核好似被注入神力一般，银色光晕覆盖在他心口，化作一团光球笼住黑雾中的人脸，一声凄厉的惨嚎响起，银光收缩后，黑雾又剧烈挣扎了几番，最终炸裂成光点散落。四处都是轰隆炸响的光波流影，以至于万丈深渊塌陷，山川河流倾斜，半空中的黑影也似受创般闪躲过蓐收的雷霆一击。

血液从月白胸口汩汩流出，他只觉得整个身体好似要爆裂一般，皮肉寸寸皲裂，最恐怖的是灵核碎裂剥落般地疼痛，他眼前漆黑一片，就连骤然亮起的光阵也看不见了……

金色光阵笼罩在蓐收他们两人的头顶，繁复扭曲的纹路缭绕其间，裹挟着毁天灭地的恐怖神力。无所遁形的岐守，血色的瞳孔从难以置信中泄出了一丝惧意，最后是极致的不甘、癫狂……只差一点，他就可以成神！

逃窜的黑雾毫无抵抗之力，被卷入了金色漩涡中，大片光斑散落，风起时云层滚动变幻，刺目的白光穿透了浓稠的暗色，此时已经是白昼。

等月白再次醒来时，只见到了垂坐一旁的蓐收："师父，你……你怎么冒金光了？"

"我不是你师父。"蓐收还是那副漫不经心的样子，一点也没有为人师表的风范，"我没看错，你乃天纵之材，非我能及，以后你就是巫祖了。"他望过来的是从未有过的悠长目光，像穿透灵魂一般令月白怔在了原地。微不可闻的一声，似叹息又似妥协，散入微风中。

许久，蓐收阖上了双眸。金色光点被夜风吹散，从他指尖温柔流泻。月白仰头望过去，星野寥落，万物沉寂，他眼神空茫，心头却异样的沉重。从此以后，他或许就真的是孤独一人了……

经此一劫，蓐收或许受到感应，坐化后成为一方神灵，而月白也成为部落的下一任巫祖。

又是数年，萨拉乌苏涛声依旧，而月氏部落逐渐繁盛，部族联盟也恢复了往日的生机，黑晶石灵脉的发掘，燃起了希望的火种，以及月白研制出的粗盐流通入各部族，月氏部落也融合周边部落，一时成为北方最为强盛的部族。

而生命在这里一代又一代繁衍生息，直至远古文明从辉煌走向没落，而萨拉乌苏远古的传说也湮没在历史长河中……

卷二　本源

一

又是月夜。萨拉乌苏河畔。

月白似有所感，缓缓睁开了眼，额间一阵灼烫，月魂石的银光缓缓流转。

"该走了？"

披毛犀趴在他身旁，极为依恋地喊了一声："哞——"

突然月魂石光芒四射，他整个人被银光笼罩。他最后看了一眼灵兽，彻底阖上了双眸。

时空再次转换。

"嘭咚！"月白瘦小的身躯被一脚踹住，滚了几圈后忍不住蜷缩痉挛起来，一股剧痛从胸口蔓延。他只觉一阵天旋地转，呕出了一口血来。他一口气憋在心口，抬眸时透出几分怒气，这谁啊？

一堆人乌泱泱围在一起，不只有膀大腰圆的壮汉，还有不少衣衫褴褛、被捆起来的老弱妇孺。为首的男人一脸凶相："想逃？你怕不是忘了贱奴私逃的下场了吧？"他眼神透出一丝残忍，"取我的马鞭来。"

月白的双手双脚早已被死死捆了起来，浑身虚软得连喘口气都艰难，想爬起来更是徒劳。他环顾四周，发现自己正在城中一个市场内，许多人盯着自己。他们衣着朴素，那千年之前的游牧服饰一望可知。

"啪啪！"破空声响起，卷起一地灰尘，月白死死咬着牙，火辣的痛感令人头皮炸开，他抖着嘴唇才忍住了惨叫。身上本就破烂的衣服被抽得七零八碎，露出了冷白的皮肤，血痕遍布其上，几声隐忍的闷哼传来，无端生出一股凌虐的意味。

站在他们身后的矮胖男人的目光都有点变味了，眼见人已经被抽晕了，赶紧凑了上来："巴彦，打死就可惜了。你可别忘了，这批上等货色，我们还得留给呼其图大人……"他瞟了一眼人群中格外显眼的几个少年，咧嘴露出了一点猥亵又滑腻的笑容："呼其图大人的癖好，你还不清楚么？"

其中一个少年脸色微变，看着月白的目光格外幽深，而周围一些挛鞭人也心照不宣地笑起来。

巴彦抬脚勾起了月白的下颌，露出了一张脏污脸孔，即使蓬头垢面也掩饰不了他精巧的眉眼，还有格外白皙的肤色。即使是在这些年轻的奴隶中，月白也是佼佼者，更何况呼其图似乎就偏爱这种俊秀鲜嫩的少年，玩起来又喜欢使些血腥手段，这几个送上去怕是不够用。

他看了一眼"昏死"过去的月白，冷哼一声："人看好了，别让他死了。"

只剩一口气，还在装死的月白已经不想说话了，更不想咒骂月魂石。经历了千锤百炼，好不容易成为众人推崇的巫祖，还没几天就又沦为被当众虐待的奴隶了。还好他机智，一脚踢过来的时候他借力滚了几圈，装了一回吐血又装晕。

"砰！"他被丢到了一处角落，差点没惨叫出声，一碗又苦又辣的汤水灌下去，他微睁着眼，险些翻出了白眼。

矮胖男人瞧了他一会儿，啧啧两声："可惜这一身白皮子了。"细小的眼缝泄出一股子黏腻，看得月白起了一身鸡皮疙瘩，好在这牵鞭人没动他，不然他就是豁出命也得锤死他。

胃里一阵翻涌，那药汤也不知道是什么熬出来的，月白浑身肿疼，又迷迷糊糊地闭上眼，他试图吸纳了一点灵气，却抵不住身体的疲倦。朦胧中他鼻尖被触碰了一下，他嘴唇微动："是你告密的？"

一只冰冷的手缩了回去，月白却慵懒地睁开了眼："过来看我死没死？"挪过来的少年没出声，那双眼睛幽深发蓝，在漆黑的夜里亮得摄人。

过了好一会儿，月白身上被盖了一件破破烂烂还散着

异味的羊皮毡。细微的窸窣声后，一切又归于沉寂。月白浑身发痒，想了想还是没扔到一边，只是轻轻地从鼻腔呼出一口气。

二

沿着萨拉乌苏河一路往东，半个多月后他们就可以抵达王庭所在地头曼城，到时候这批上等奴隶就能派上用场了。

这一天，他们抵达了支就城。月白半死不活地跟着队伍进城，他看了一眼城内外，就被人从后踹了一脚："磨蹭什么，快走！"月白一个趔趄就被踹倒了，他仰头看了一眼凶悍的粗壮男人，垂眸又从他腰间的佩刀和匕首上划过。看守又踹了他两脚，拽着绳索将他拖行几步，透着一股恶意："狗崽子，还不起来！"

当天他们这些作为战俘被掳来的奴隶，就被巴彦卖出了一批。

半夜三更，院子外面有几个看守在喝酒，过了一会儿进来两个人，月白只听见几声沉闷的挣扎响动，好像有人被拖了出去。他细听了一会儿，脸色渐沉了下来，他耳朵尖，只听屋外传来淫乐的声音，夹杂着男人的怒骂与脏话，动静从一开始的细微变得越发激烈杂乱，他转眼就对上了

118

一旁闪动的眼眸。

那双雾蓝色的眼睛好似看了他一会儿，又转了过去，月白捏紧了双拳。

"该不会弄死了吧？这个好像没气了……"

"丢进去就是了。"

等到女奴被丢进来的时候，月白骤然暴起，手腕上的绳索早被他偷偷解开了，他从背后死死勒住男人的脖子将他拽倒，手肘猛砸他的太阳穴，另一只手从他腰间摸过。电光火石之间，四处一阵惊动，但是没有人出声。

守在门外的人听到些微动静，推门进来时，月白几步跃上前，侧身飞踢将人踹翻，然后捂住他惊恐的脸，扭住脖子将人放倒。至于院子外面的几个，他走出去时，东倒西歪地坐在一起，酒气冲鼻而来，浑然不觉屋内的动静。他攥着匕首，冷冷看了一眼酒色熏头的几个人，随即冲了上去……

临走时，他想了想，在前院放了一把火，这些人对他们这些奴隶放松了警惕，却不知道他早就不是原来的他了，遭受过锤炼，即使没了灵力，对付这几个普通人也绰绰有余了。

他一路疾驰，入夜后城门早已关了，想要出去，就只能走河道了。只不过刚步入街巷，他就闪身躲到了一边，身后的黑影往前跑了两步，脚步变得杂乱起来。

月白从巷子里走出来，靠墙抱臂问他："跟着我干什么？"

浑身脏兮兮的少年抬眸看了他一眼，又垂下头，不说话了。

远处有火光亮了起来，月白一把将他扯入巷子里，他们即使逃出来了，奴隶的烙印还在脸上，被城中守备认出来只会死得更惨。到了护城河，月白深吸了一口气就潜入了水底，只听身后也传来一声，那条小尾巴也跟上了他，月白没有管他，一直往前游过去。

只不过半道他从水面浮起来呼吸的时候，后面咕咚两声，河水哗啦啦地扑腾了几下就沉下去了，他深深吁了一口气，又转过去将人提着出了城。从河岸爬上来的时候，腥冷的水流冻得他直打哆嗦，他差点没把隔夜的两个面饼吐出来。

城郊野外。少年从喉腔呛出了几口污水，用乌黑发蓝的眼瞳盯着月白看了一会儿，蠕动着唇："对不起……"

"不怪你了，"月白率先打断了他，这几天下来他也注意到了这个人，"你是叫次央？"月白听人喊过，还有点印象。

次央点头。他五官深邃，肤色为象牙白，不经意透出的矜贵之气深藏其中，就连说话也让人觉得神秘。

"你不是月氏人吧？"月白想了想问他，"接下来打算去哪儿？"

"……不知道。"

月白见他不欲多说，也就不再搭话："你先休息会儿吧。"

他费了不少工夫生起了一堆火，看了一眼昏睡的少年，又摸了摸头上的奴印，仰天微叹了一口气。没过一会儿，天渐渐亮了起来，他站起来瞧了一眼次央说："天亮以后，有多远就逃多远吧，别跟着我了……"

等次央睁开眼时，火堆还留有余温，只是月白早已不见了踪影。

三

两个多月后，朔方城寨。

月白提着一头滴血的野狼皮，走到一个摊位前，直接将成年的野狼甩在了摊位上："多少钱？"

一股腥膻臊味冲鼻，肉摊上多是牛羊，那个人高马大的挛鞮摊主兼屠夫看了一眼完整的狼皮："二十铢铜币。"

"二十四。"月白将手中拎着的兔子皮也丢了上去，漆黑丑陋的鬼脸面具令他看起来古怪又诡异，这面具是他在举行盂兰节祭祀的时候买的。

摊主只看了他两眼："成交。"

月白拿了钱就走出了市集，一堆人聚集在不远处的布告栏旁议论纷纷，他驻足听了一会儿，才知道这几日城中

出现了一只人皮鬼，专门剥人皮。悬赏榜文中称，如能擒拿，无论死活，都可以到官府领赏金刀币一百铢。

"说是花楼里的娇娘被人剥了皮，专挑美人皮下手……"

"什么人皮鬼，我看是食人魔，听说肚子里都被吃空了！"

"我们这哪有什么法力高强的大师，就算有法师也早被请去了头曼城，怎么会来我们这里！"

"前几日不是还请了神婆和巫师过来么？"

"什么巫师，就是骗子，这几天还不是照样死人。"

月白感知了一下体内那流动的灵力，这两个多月他躲在深山老林里，一直靠着打猎为生，终于引灵入体。不过他又看了一眼布帛上的悬赏，一百铢刀币，这是萨拉乌苏地域之内各国间的通用币，这样一来，他就可以回月氏看一看，说不定还能云游四方呢！

如今月氏族与挛鞮族互为死敌，两族盘踞在萨拉乌苏河流域，西边就是月氏族境内，月氏王庭就处于萨拉乌苏河上游，一直以来两族纷争不断，直到近些年，月氏逐渐壮大强盛，率先在雍州建立了王庭。挛鞮族就是历史上日渐崛起的匈奴，开始吞并联合周围其他的部落，挛鞮族第一代可汗头曼也在几年前建起了头曼城。月白他们这批人基本上都是在各部族战乱中被俘的族人，成为挛鞮族的奴隶。

他穿过人群,伸手就想揭榜,手刚触到,却不料被人抢先一步。一道瘦削的身影抢先揭了下去,那人转头时露出一张惊艳的脸孔,眉眼妍妙,糅杂了点英气的异域感。一袭窄衣长裤以金线镶边,踩着羊皮靴,看起来像是挛鞮贵族少爷的打扮,身后还跟了两名侍从。

"小鬼头,这悬赏榜可不是闹着玩的,你不知道么?"

月白瞥了一眼贵族少年,眼神微微一扫,也弯眼笑了一下:"那你也要小心了,捉妖可不是闹着玩的。何况人皮鬼喜欢剥布幕的人皮。"布幕在月氏语中是少女的意思,月白也就随口一说,显然是看穿了她的身份。

那位贵族少女笑容微敛:"哼,走着瞧!我们走。"

四

月白来到朔方城最热闹的一间酒肆,听说城中最美的不是妓院里的娇娘,而是这间酒肆里卖艺的胡女乌伦珠。他就坐在一楼,上了酒菜他也没动,只听邻座的两个挛鞮中年酒客跟他打趣:"小兄弟,你也是来看乌伦珠的吗?"

"嗯。"他声音倒是很淡定。只是他这样的小身板,显得格格不入,鬼脸面具也令人投来异样的目光。

不一时,一袭茜色薄纱舞衣的乌伦珠出场,她那柔软灵活的披纱飞旋如流云，即便带着面纱也难掩姿色，一曲鼓上舞令人耳目一新，飞扬魅惑的裙摆，额上垂坠的宝石与那双琉璃眼相称，倒是不知道哪个更耀眼了。

这时，揭榜的那位贵族少女走进了这家酒肆，打眼就瞥见了目不转睛地盯着乌伦珠的月白。她弯唇笑了笑，带着两名侍从径直走了过去。月白微微转脸，视线正好与少女交汇。看来聪明人都想到一处去了，人皮鬼最喜欢美人，而乌伦珠的美貌超凡无比。

少女眼神微眯，这小鬼头还是没放弃捉人皮鬼的想法。跳着轻盈舞步的胡女已经从鼓上赤足走了下来，与走进来的少女擦肩而过，其勾魂摄魄的目光流连在她的脸上，绕着她转了半圈。一股奇异的香味萦绕在鼻端，细辨时又无迹可寻。

少女丝毫不怵，配合乌伦珠跳了一段，一口饮下她递来的酒杯，迎来了一片喝彩声。她从腰间取出锦囊，财大气粗地放在了桌子上："乌伦珠是吗，这间酒肆小爷我赫兰全包了。"

乌伦珠放在琵琶上的手指也停了下来，她还未开口，就有不少人按捺不住了，一拍桌子站了起来，"凭什么？老子也有的是钱！""毛都没长齐，就想找女人了？"还有些不差钱的客人嚷道："乌伦珠，你要是肯陪我们一天，我可以出三倍的价钱！"

一时间酒肆里闹哄哄的，其中一位镶金戴玉的纨绔子弟眼尖，用浑浊的眼珠上下打量了赫兰两眼："长得比女人还要漂亮，你身上有那玩意儿吗？"说完引起了一阵哄笑，不少人的目光都变得不怀好意起来。

　　"砰！"一柄长笛似的剑插入桌上，桌子震颤了一会儿就四分五裂了，其中内劲令人心尖一颤。"别敬酒不吃吃罚酒！"赫兰脸上笑意变冷，那柄窄剑还没有出鞘，不过其中的威慑力也足以令人闭嘴了。

　　"各位客官还请卖我一个面子，我们这小小的酒垆可经不起你们这样一闹呢。"乌伦珠娇软柔媚的声音轻轻传入耳畔，即使赫兰这个姑娘家也要酥了半边耳朵。

　　她将钱袋交到赫兰手上："想必各位也知晓，奴家也只做卖艺的营生，大家既然捧场，小郎君就别让奴家难做了。至于这酒垆，想喝酒自然是欢迎之至，若是别的招待不周，就还请多担待一二。"

　　赫兰挑眉看了她一眼，对她似乎很宽容："既然如此，那我也不强求。"

　　近日城中妖邪作祟，酒肆也早早打烊了。客店二楼，月白打开窗户看了一眼，已经入夜，街道上也没什么人。他又坐回塌上，因为修炼的缘故，他一般也不睡，几乎是眨眼间一夜就过去了。

　　不过今晚，似乎注定不太平。风吹得窗棂哗啦作响，他顺势将一丝风灵之力运转了一个周天，又试图追寻潜藏在神魂中那一丝一缕的灵气，不过却是徒劳。

"砰！"一声模糊的响动传来，紧接着是赫兰熟悉的声音，"谁？"

月白猝然睁眼，身影一闪而过，对面赫兰的房门被他一脚踹开，只见一道细长的黑影从窗沿一闪而逝，赫兰惊魂未定地望过来，胸口一颗赤色玛瑙珠泛着微弱红光，一下就碎了。

"怎么是你？"

赫兰来不及问话，月白直接从窗户边跳了下去，遥远夜色中，他只捕捉到了一团黑影在街角闪现。

破窗而出的不只是他，还有他身后提剑跳下来的赫兰。她见月白只留一道残影，不由喊道："等等！"

月白鼻尖嗅到一股奇异的味道，纵身追去时犹如一片飞羽般轻灵，他指尖凝起一丝风刃，被前头的黑影仓促躲过，只不过闪避间灵气划过，黑袍从那人头顶坠落。

头顶云层浮动，澄净的月光倾泻而下，露出一张绮艳绝伦的脸孔来。

五

"果然是你。"

130

那一丝奇异的香味，好似人皮被香料熏制过的味道，却从内里透着一股子腐臭。连那只她踩过的白面鼓，也白滑细腻得不可思议。雪白美艳的脸孔上，玫红唇瓣微勾，乌伦珠指尖绕着一绺长发："你知道若是跟我交手，你也讨不了什么好。我不会再出现在朔方城，可以吗？"

被她那双眼睛注视着，连月白也不由心神恍惚。只听乌伦珠幽幽道："过来。"

那声音勾走了他的心魂，月白身形一动，一步一步走了过去。

"乌伦珠？！"追上来的赫兰喘着粗气，"竟然是你！"随后赶过来的两名侍从也有点傻眼，没想到乌伦珠早就被人皮鬼得手了。

月白眼波微动，恍过神来，脸色更凝重了几分。

"小心她的眼睛。"怪物那双眼睛似能催魂。

"乌伦珠"瞥了一眼他们，反身就想逃，赫兰脚尖点地，腾空跃起，长剑挥向她背后。她身后的两名侍从也紧随其后，一人将长鞭挥出卷住"乌伦珠"，另一人用弯刀直劈向她头顶。

三面夹击，一道剑气劈开"乌伦珠"的黑袍，也划破了其雪白皮肤，她似乎被激怒，索性撕破了人皮，露出一双利爪来，所谓的人皮鬼，竟是一只鬼面青眼的狐狸。尖利的骨爪冲着领头的赫兰挥过来，那一瞬快如闪电，连赫兰都反应不及……

"殿下!"两个侍从鞭尾扫过去,弯刀也脱手甩出去,落到了怪物身上被弹开,没有造成半点威胁。

利爪擦着赫兰的脸颊划过,她纤瘦的身形忽地被往后猛一拖,差那么分毫,她的整个脸或许就会被一爪拍烂。她从骨爪中翻腾躲过,落地时骨碌碌滚了几圈。血从她脸上流落,她睁眼茫然侧过头,还未从死亡的阴影中缓过劲来。

一张鬼面具掉在她脸侧,她瞥见了一张隽秀的脸孔,澄透的双眼明亮摄人,只不过额上的红色奴印有点突兀。

掉落的长剑被灵气卷了起来,月白整个人冲出去了。长剑裹挟着劲风,倾注了灵力后在虚空中连续划过,凌厉剑光好似留下了残影,鬼面青眼的怪物惨叫一声,落地后滚了一圈,爬起来就想再次逃窜。

两名侍从想都没想,拦住了它的去路,却没料到疯狂逃窜的鬼面狐张开嘴,吐出一股青烟。

"躲开!"月白冲上去的身形也急急避开,他抬手时早已屏住了呼吸,只是两名侍从还是慢了一步。一股腥臭刺鼻的气味袭来,那两人瞬间倒地,昏死过去。鬼面狐冲了出去,眼见又要逃走。

"哪里逃!"长街尽头传来一声怒喝,一道紫光闪过,鬼面狐疾闪躲过,青眼闪过血光,仰头对月凄厉长嚎。耳膜好似被穿透的刺痛，月白感觉脑袋里每一根神经都在鼓动，他不由捂住了双耳，再望过去时，鬼面狐陡然变成了庞然巨物。

一股腥风袭来，拦在前头的两人疾闪后退，鬼面狐的利爪挥开一地飞砾，月白也提着长剑走了上来。他只与对面的两人对视了一眼，目光又聚焦在越发狂躁的鬼面狐上。

月白与青年不约而同地出手，他几步跃起，剑光如白虹，劈头盖脸地落在了鬼面狐身上，青年手中凝着薄光的双头断刃也飞旋闪过。

尖锐的嘶吼与嗥叫响彻云霄，骨爪擦着两人的身影狂舞，布满獠牙的巨口还未再次吐出烟雾，突然一柄长剑就穿透鬼面狐的心口。青光一散，鬼面狐又变成了原来的模样，它不过半人高，狰狞的狐身好似被烈焰烧灼过，凹凸起伏的皮肉异常恐怖。恐怕这只狐狸这么喜欢剥人皮，就是为了掩盖原本丑陋的面目。

双头刃又飞旋着回到了青年手中，长发的中年男人看了月白一眼，眼中闪过异光："没想到朔方城还有你这样的高手。"他瞧见了月白脸上的奴印，却并没有提。

月白拔出沾血的长剑："你们也是城主请来的法师？"

青年笑了笑："算是吧。"

"那这狐尸怎么处理？"他语气有点可惜，还有巨额的悬赏呢，"要不然我们平分？"

中年男人走了过来，他一袭藏黑法袍，手中还握着一柄金色法杖，望过来时眼神幽深，"不知你师承何人？"

月白拎起狐尸，想了想，还是如实道："蓣收。"

"蓣收？"两人对视一眼，难不成是未出世的高人？黑袍男人自称是摩炎，深深看了月白一眼，眼神中有点可惜，如此资质，却不是出自他玄罗门下。

一道疾风闪过，紫光迎面袭来，被月白疾步躲开，须臾之间，他们俩已经过了数招。他的剑尖指向青年的胸口："你真的要跟我打吗？"他说着瞥了摩炎一眼，眼神中闪过一丝忌惮。

摩炎看向青年，只见青年笑了笑，退了一步。摩炎淡淡出声："得罪了。"

月白的声音也淡了几分："你们不要，那归我了？"说完拖着狐尸一步一步地走向远方，而天际也开始泛白。

摩炎收回目光，转身向青年说道："殿下，咱们走吧。"

六

一夜过后，月白杀死鬼面狐的消息便在城内传播开来，而他也被赫兰缠上了。

赫兰撑着半边雪腮，笑意盈盈地望着他："萨尔，你不点菜吗？"萨尔在月氏语中是月亮的意思，自从昨晚他告诉了赫兰自己的名字，她就将月白叫成了萨尔。最令他意外的是，赫兰竟是月氏人，还是月氏族的公主。

"没钱。"他清汤寡水凑合着两个胡饼，就是一顿晚餐了。

赫兰招了招手，就有店里的伙计上来："把你们店里上好的酒菜，都给我来一份。"

"好嘞，客官！"

月白投以异样的目光，又忽地笑了："那就多谢款待了。"倒是一点都不客气的模样。手中的胡饼也不香了，被他直接搁碗里了。

"你这么缺钱啊？"

"行走于江湖，还是要点银子傍身的。"待在深山里的两个多月，过惯了茹毛饮血的日子，他对此深有体会。

今早月白拎着狐尸去领赏，却被人轰了出来，这才知道他被昨晚那对师徒耍了，赏金早就被他们领走了。听说他们是玄罗门的法师，被城主奉为座上宾，在挛鞮境内名声如雷贯耳。

赫兰将那只金色钱袋又搁在桌子上了："你护送我回月氏王庭，这些都是你的了，怎么样？"

"你身边不是有两个护卫吗？"

"不一样，他们不会教我法术啊。"

月白抱着手臂，不太情愿："谁说我要教你了？"

"算作另外的酬劳，可以商量的嘛。"

对上她诚意十足的眼神，月白只缓了一瞬间："再说。"

月白还没有坐骑，他们一起去东市买了一匹骏马。出了朔方城后，他们得沿着萨拉乌苏河往西南方向前进，抵达位于河上游的雍州，才能到达月氏王庭。

他们俩找了一处茶摊，等赫兰的侍从采购物资。

"萨尔，等回到了月氏，你就不用戴面具了。你比乌尤法师还厉害，我父王一定会赏识你的。听说他能通阴阳鬼神，最擅长占卜问卦，我父王对他尤为器重……"

月白喝了口茶，差点给喷出来，他忘了这边的茶都是加了不知道什么东西的："快来壶白水！"

赫兰咯咯笑了两声，一口饮尽碗中的奶茶，还有点意犹未尽地眯起了双眼："很鲜美呀……"

月白嘴角抽搐，这里的奶茶是以新鲜出炉的羊奶混合着陈茶，添入粗盐和乱七八糟的调料乱炖出来的，新鲜是够新鲜，味道腥膻，夹杂着酸咸苦辣，实在是回味无穷。如今西域这边物资匮乏，从中原流入的茶叶更是稀缺，连一些变质的茶饼也不可多得，就这两碗奶茶就花了他们十铢钱，算是大手笔了。

"什么时候，我给你煮一碗正宗的，你就知道什么叫风味奶茶了。纯正的奶茶咸香醇厚，味道鲜美，不至于令人咽不下去。对了，萨尔，你什么时候教我法术啊？"

"这个……我好像教不了。"

"为什么？"

月白有点为难，他瞥了一眼赫兰："你资质不行……"

这时，一阵喧哗声打断了他，月白抬眼望过去，就见一群人围在一起，其中一名衣着光鲜的公子哥揪住了乞丐似的男孩："丑八怪，敢偷我的钱袋，活得不耐烦了？"

"我没有。"

年轻公子哥一脚将人踹翻："人赃并获，你还敢狡辩？"然后对着身后的跟班道："给我打，打到他老实交代为止！"

周围的一些客人指指点点，月白他们走过去时，看见那年轻公子哥表情嚣张又恶劣，眼神中的得意藏也藏不住。

"住手！"赫兰率先出声，引来公子哥的侧目。

"哪里来的小白脸，也敢管本少爷的闲事？给我继续打！"

月白抬手挥出一道灵光，正在拳打脚踢的两人被一股劲风扫开，露出捂着头缩成一团的乞丐来。月白第一眼没认出来，那双泛蓝的眼睛却盯住了他。

"次央？"是跟他一起逃出来的奴隶。乱发中熟悉的眼神令月白微怔，少年脸上交错的伤痕却令人心惊，那是被锐器划烂的，为了毁去脸上的奴印。他几步走了过去："没事吧？"

次央摇摇头，爬起来时跟跄了几下。他又看了月白两

眼，即使面具遮住了脸，次央还是敏锐地认出了他。

赫兰那边已经扭住了公子哥伸来推她的手，一脚就给他踹得跪地上了："怎么看，都是你欺负人吧？"

旁边瑟缩的乞丐也凑上来扶住了次央，经他一番解释才知道，这公子哥不过是想羞辱他们，将食物扔在地上，碾过后让他们吃，次央自然不会理他，于是那人自导自演了一出偷钱的戏码。

赫兰抽出钱袋掂了掂，将被揍得涕泗横流的男人一脚踹开："算是补偿了。"

七

赫兰骑上了马："萨尔，我们得走了。"

月白将金钱袋交到了次央手上："这些足够你谋生了，今后有什么打算？"

次央垂着眼，抬起来时眼神幽深："我可以……跟着你吗？"

"嗯，也不是不可以，那走吧。"

与侍从他们汇合后，几人一连赶了几天路，离开朔方城后，就快到了月氏和挛鞮两族的边境，不仅城寨，连聚居的部族也难得遇见。他们几乎每晚都露宿在野外，火堆燃起，天色也沉了下来。

月白就着水囊啃胡饼，有点咽不下去了："还要多久才能抵达雍州？"

赫兰想了一会儿："大概还得半个多月吧？"

月白脸色发苦，往后一摊，浑身无力地呻吟了一声。顿顿不是面饼就是肉干，他都吃腻了，马背也不是人待的，颠得他腰酸背痛。他看了一眼次央和赫兰，他们倒是习以为常的模样，尤其是次央，垂坐时脊背挺直，细嚼慢咽的样子比赫兰还像贵族子弟。

风中传来两声呜咽，月白的耳朵动了动："你们有没有听到什么声音？"

赫兰也聆听了会儿："有吗？"

"是风声吧？今晚风大。"

声音越发幽微，月白爬起来："过去看看。"

等他们沿着声音寻过去，就见躺在树下的年轻妇人，腹部隆起，脸色青白，汗渍浸透了整张脸："救救……救救我。"

荒郊野岭的，他们也没见有部族聚居，月白心下生疑，赫兰却已经走了上去："是摔着了吗，怎么一个人跑出来了？"

月白率先抢到前边去："得罪了。"

妇人好似已经痛得说不出话了，只低低呻吟。

月白蹲下来，拎起裙摆看了一眼，绸裤有血迹渗出：

144

145

"找产婆来不及了，是要接生吗？"

赫兰："我……我也不知道啊。"

月白又伸手摸向她的肚子，手刚触到肚皮，就觉一股极阴寒的气息，饶是他反应极快，疾退弹开，一缕黑气似箭矢直冲他面门。他掌心灵光疾闪，轰然一声，一股黑雾从女人腹部钻出，化作一道青面獠牙的鬼影。

"你先走！"月白冲着赫兰大喝一声。

赫兰犹疑片刻，忽地将手中的笛剑扔给他："接着。"说完转身就跑，鬼影却没理她。

"是你杀了鬼面狐？！"极阴森的语气，含着怨怒与恶意。

这是一只腹鬼，将人腹部吃空后披着人皮现身，它最喜欢的是孕妇，胎儿对于它们来说是补品。

月白瞬间想起了朔方城中的流言，食人魔就是吃人内脏的怪物。原来朔方城内不止一只怪物，看来它们还是一伙的。手中长剑出鞘，他冲了上去，只是这只腹鬼远比他想象得还要强大。

一层青光附在腹鬼周身，剑光化作道道银丝，一触即散，微薄的灵力对它造不成丝毫威胁。鬼影飘飘荡荡，细长的鬼爪神出鬼没，擦过时泛起腐蚀般的痛意，长剑劈砍穿刺，剑气震荡得他手腕发麻。数度交锋后，月白被一阵青光轰开，心口一阵剧痛，他嘴角溢出鲜血。

长剑被插入一边，他双手捏诀，银光乍现，数十道银白光刃激射而去。他又凌空画咒，一掌拍了过去。只见银白咒印钉入腹鬼身上，刺目的银光笼了腹鬼，腹鬼嘶吼一声，一股极强的阴寒之气从它体内激荡而出，破散的鬼影竟又重新聚形，只不过这次变成了微弱的虚影。再看时，腹鬼早已欺身上前，裂开了诡异的嘴角："去死吧。"

月白睁大了双眼，抬手想要阻拦，炽痛的灵脉再也聚不起一丝灵气，该死，这具身体只修炼了两个多月。

鬼爪已拍向他头顶，从头皮泛起的寒意渗透了他的骨血，神魂中的精神波动转瞬即逝，那一丝神力从他体内喷薄而出，璀璨的银光弹开了鬼爪。月白疾速滚开几圈，忍受着身体中爆裂的剧痛，他从识海乱流中运转能量，水灵之气席卷而来，瑰丽的银光如洪流冲击而过，将鬼影吞没得无影无踪。几丝灵光缭绕在他周身，灵魂撕裂的痛意令他沉入到黑色旋涡中。

"神……神么？"一声微不可闻的声音落入夜风中，那道纤瘦鬼影眼神恍惚，垂眸时若有所思。

八

半个月后，他们终于抵达了雍州。雍州城环水而建，萨拉乌苏河穿过城郊，似弯月般环绕迂回。一座雄伟的王城矗立在草原之上，一股苍凉感扑面而来。与他想象中富丽堂皇的宫殿庙宇不一样，雍州的建筑极为简朴大气，只有王宫那座高塔像是点缀的明珠。

城郊，月白跟次央骑着骏马驰骋在草原之上，狂风呼啸，他只觉得极畅快。沿途有不少部族聚居，各色蒙古包散布其间，萨拉乌苏河岸水草丰美，他们穿过草地时，还能瞧见成群的牛羊，遥远的山头上不时有羚牛和马鹿奔涌而过。雪白的绵羊像云朵般散落在广袤无垠的绿野中，衣着鲜艳明丽的胡服少男少女策马驱赶着羊群，追逐着成群呼啸的马匹，飞驰在原野上。

月白他们逮住一只肥牛，费了半天劲，挤了一大桶牛奶，不管是制作酥油茶，还是直接喝，都是不错的饮品。

赫兰过来时，月白还在与次央对战，其实他本来想教次央修炼的，不过次央没有灵脉，感受不到灵力。月白的身法与步法极精妙，一招一式也是被淬炼出来的，教次央的时候看起来像是那么回事。

他一掌将次央推开时，一道珊瑚色的身影闯了进来。他挑了挑眉，侧身躲过，抬手握住她的手腕，一掌拍向她肩侧将人逼退。

"你别站着呀，再来！"一对一变成了一对二，月白左躲右闪，他们俩打起架来也挺凶，赫兰奇招频出，次央是野路子，只是进步飞速。

"不打了！"月白脚尖点地，悠悠退了几步，避过他们俩越发默契的围攻，不用灵力，又得控制力道，他也很吃力的。

赫兰的额角也渗了汗，她喘了两口气，对次央道："你要是想学武功的话，我也可以教你。"

"不用。"次央的眼神冷淡，看着赫兰的时候眼神有点深邃。

月白笑了笑："你别拒绝得那么快。赫兰的招式自成一派，跟我不一样，你若是想在武学上有所成，应该集众家之所长。"

"你知道的，我是野路子，会的都是杀招。"

赫兰倒是不介意他的冷淡："对啊，我们可以跟着我的索丹师父一起学。"

次央又垂下了眸，没回答，看不出在想什么。

月白瞧了他一眼，这家伙不是一般的神秘："我替他答应就行了，可以吧？"

"对了，月白，我父王听说你也是巫师，想见你一面。"

"咦，月氏也有巫师吗？"

"挛鞮有玄罗门，月氏也有长生阙啊，听说乌尤法师就出自长生阙。"

"这样啊……"月白有点向往，"还真想见识一番。"

赫兰笑了笑："只是长生阙与释宗一样不入世，就是不知道这位乌尤法师是怎么横空出世的了。"

"长生阙你是见不到了，不过乌尤法师你还是可以见一见的。"

九

月氏王宫。

"见过国王陛下。"月白将右手放在左胸，还未行完礼，就被月氏王扶住，请到了上座。

"法师请不必多礼。"月氏王看起来意外的热络，一脸络腮胡下，是饱经风霜的面庞，不过身体看着还算健朗。见到月白脸上的奴印，月氏王也并未露出异色："阁下一路护送赫兰归来，我早就想当面聊表谢意了。"

见他举杯，月白也拿起了桌案上的牛角杯："只不过是顺路，我也想回月氏族看一看，陛下不必介怀。"

一杯烈酒下肚，月白只觉得火辣辣的酒气翻涌，脸上也浮现出了一丝薄红。这是月氏独有的烧酒，最烈也最醇香，用来盛情款待尊贵的客人。

赫兰坐在月白对面，朝月氏王使了一个眼色，眸光狡黠。月氏王也不由失笑："听闻阁下精通术法，途中降妖除魔，未能亲眼得见，实在是一件憾事。我朝中也有一位法师，精通玄门之道，或可以与你切磋一二……如今各族纷争不休，天灾人祸频频，若是法师能留在我月氏族，庇佑我族人，实在是一件幸事了……我欲封你为圣量大法师，不知道阁下意下如何？"

酒过中旬，月白就有点顶不住了，月氏王过于豪爽，他又不能推辞，听说月氏人劝酒不喝是大不敬。他一张脸被酒气熏染透了，眼神却还是很亮，闻言忙摆了摆手："不用了，我也只能尽微薄之力罢了。"

赫兰却坐不住了："萨尔，你快答应吧！"

月氏王还要再劝，只是这时见到了过来禀报的侍卫："陛下，乌尤法师求见。"

"哦？"月氏王笑了笑，"这真是巧了，快快有请。"

乌尤法师走进来的时候，一脸笑意："陛下，天降瑞兽，此乃祥兆啊！"

他一身金灿灿的法袍，手中还有一方阴阳罗盘，瘦长的脸形，眼神精明，浑身透着一股傲气。只见他抬了抬手，命人将瑞兽抬了上来，只见一只笼子里关着一只金棕色长毛的幼兽，最为奇异的是异兽的两只角，还有那双灵光湛然的兽瞳。

月白也一下站了起来："毛团？"

待在笼子里异常狂躁的灵兽好似发觉了他的存在，也扒拉着笼子朝他叫了起来："哞吼！"

月白忙起身走了过去，伸出手指揉了一把，有点惊喜：

"你怎么也来了？"该不会是月魂石将他们俩一起从远古传送过来了吧？

月氏王也有点惊异："这……法师认得这异兽吗？"

月白笑着点了点头："嗯，这是我的灵兽。"

月氏王见状爽朗地笑了笑："原来如此，也算是机缘巧合了。"

赫兰也凑了过来："长得好奇怪啊。"

乌尤法师打量了月白一眼，脸色微沉："这是双靡族送上来的瑞兽，我倒是不知，怎么成了你的灵兽？"

月白笑了笑："我跟它失散了。"

他又仰头看向月氏王："不知可否将它放出来？"

"这只幼兽狂躁异常，若是冲撞了陛下就不好了。"

月氏王却摆了摆手："不打紧，这只小兽看起来颇有几分灵性。"

乌尤法师只好照做，只见那只披毛犀立刻窜进月白的怀里，就像久别重逢的老友一般又舔又蹭。乌尤法师脸色有点难看，转而又对月氏王道："陛下，不知这位是——"

"还未向大师介绍，这是送赫兰回来的月白法师，我意欲封他为大法师，从今以后，你俩就是我月氏族的左膀右臂了。"

"法师？"他瞅了一眼月白脸上的奴印，又看了看他稚嫩的脸，笑了笑："陛下，此人来历不明，脸上又有奴印，

152

实在不可轻信。"

月氏王却不是很在意:"法师此言差矣,出身来历其实并不重要。闲话少说,让我们开宴吧。"

酒过三巡,月氏王又道:"正好今日两位法师都在,我还有一事相托。不知两位是否听闻,被封印在都密神庙的怪物跑出来了,部落中死了不少族人,我想请两位法师出面,替我降服妖兽……"

月白抱着披毛犀,爽快地答应了。

乌尤眼神微闪,起身道:"愿为陛下效劳,只不过——"他目光落到月白身上,眼神有点轻蔑:"我与陛下还未见识过这位小友的法力,不如这样,我们各凭本事,若是你真能降服妖兽,再请陛下封为大法师也不迟。"

或许是因为披毛犀,月白被乌尤法师处处针锋相对。

赫兰不由出声:"这样不妥吧?"

月氏王却摆了摆手:"两位若是真能降服妖兽,就算是奉为天师,也未尝不可……"

十

月氏族主要由休密、双靡、都密等五大部族组成。月白他们一行人抵达都密时,族群早已人人自危,还有不少逃走的。起因是神庙废弃后,又遭雨夜雷击,天长日久,封印老旧破损，妖兽傲因从中跑了出来。这只妖兽只在夜间出没，人面长舌，喜食人脑，极为残忍暴虐，出现时伴随着婴儿似的啼哭，他们第一晚闻声赶过去时，就有人糟了毒手，这人不是别人，正是乌尤法师和他身边的护卫。

傲因来时，乌尤他们没有半点防备地正睡着。所谓的法师，竟然半点灵力都没有。凶兽远比他们想象得可怕，一股黑气覆在它四角上，乌尤的脖子被傲因的长舌舔过后，掉了一层皮肉，死时血液喷涌，被它伸出长舌卷走了头颅。

见此惨状，别说赫兰，就连月白也脸色发白："快走！"等他们跑远了，那些人脑也被傲因勾走了。

傲因的长舌灵活得不可思议，月白撑起一道光弧挡住，眨眼间它就跳了过来，虎爪一拍，光罩就散了。那一瞬，月白的速度提到了极限，腥风袭过耳畔，他感觉半边脸发麻。

长剑笼着寒光砍向那截长舌，却被铿然一声弹开，它的舌头分叉后从不同方向钻了过来，骇得他身形翻转成了残影。风刃又疾又利，铺天盖地般闪向妖兽，都被它的黑色长舌和坚硬皮毛弹开了。月白掌心微动，长剑嗡鸣一声疾驰而去，被长舌卷开后，射出的剑气冲着它的两只兽瞳袭去。他也跟着闪身躲开，一声怒吼过后，傲因的一只眼睛耷拉了下来。

月白心口隐隐发烫，那一丝被他炼化的神力，被他引入灵核，只是此刻灵核内空荡荡的，一股锐痛令他步法都凌乱了几分。快到极限了，他有点不甘心。他眼神微炯，抬手凝成最后一道光刃，穿透耳膜的啼哭声传来，傲因翻滚了几下，却还在动弹，在月白越发冷凝的眼神中，竟又缓缓爬了起来，"吼！"

月白已经退了几步，见状心下一沉，却没料到傲因用一只兽瞳看了他一眼，身影如旋风般飘走了。一股凉风袭来，似要下雨了，他身形忽地摇晃了两下，抬手一摸，满头的冷汗。

如此你打我逃，双方僵持了半月有余，或许是因为受伤，傲因不曾再现身，月白也终于寻到了它的弱处。

从族中长老那里，月白得知傲因喜欢在雨夜出现，而在古老歌谣中，傲因被封印时火光冲天，就连神庙的壁画里也有火焰的图腾。或许，这妖兽是惧火的。当天他们召集了族中的勇士，细细部署了一番。

半个月后，等到傲因再次出现时，趁着月白与傲因缠斗时，赫兰与次央带领族人放火将傲因困在了火圈中。

傲因果然如火中困兽，发出了疯狂的嘶吼，长舌也受到了掣肘。月白抬手运起灵力，将一团火球投入妖兽的咽喉，漫天箭雨也落了下来，一声雷鸣巨响后，狂暴的妖兽轰然炸开，绚烂的火焰点亮了整个夜空。

156

157

十一

他们返程时，恰逢前线传来捷报，月氏大王子赛罕率突云铁骑大挫挛鞮军，挛鞮败后被迫送质子入城求和。

他们混在人群中看了一眼，月白瞥见后面那道骑在马上的修长人影，非常讶异，那人长相俊逸，一头卷发衬得他野性十足，这不正是在朔方城内的那一晚和他一起击杀鬼面狐的那位青年吗？他身边的摩炎一身短袍，初看并不打眼，那双鹰隼般的眼眸却不怒自威。

月白听说过，挛鞮王头曼只有两个儿子，小儿子还未成年，这次送来的人质一定是大王子冒顿。没想到，那个卷发青年竟是挛鞮族的太子冒顿，历史上赫赫威名的冒顿单于！据说就是他之后复兴了匈奴，首次统一了北部草原，建立了匈奴帝国。头曼单于此时将他送入月氏为人质，不知道是过于忌惮他这个出类拔萃的儿子，还是其他缘由。

在王宫宴会上，月白坐在月氏王右侧，他与前来赴宴的冒顿对视了一眼，他眼中未见波澜，冒顿倒是有几分异色。他们俩有过一面之缘，冒顿显然也认出了他。

宴饮时，月氏王端着酒觚举起："此次前线大捷，我边关战士劳苦功高，突云铁骑更是功不可没。在萨拉乌苏的见证之下，我欲立赛罕为太子，不知众位以为如何？"

"父王？"赛罕略惊异地站了起来，月氏王却对他摆了摆手。

"恭贺陛下，恭贺太子！"一瞬沉默后，底下的众人一齐出声，祝贺之辞不绝于耳。

"除此之外，我还有一件事要宣布。"月氏王突然朝着月白看了过来，"都密部落被妖兽侵扰，幸得月白法师出手相救。我愿奉月白法师为我月氏族大法师，还请阁下答应我的请求。"

他施以抚胸礼，这是身为王族致以的最尊贵的礼仪了，月白无法贸然拒绝，只能回以一礼。

这场宴会，只有冒顿是局外人，只不过他神态自若，面对月氏贵族的刻意冷落与折辱，表现得不卑不亢，这等心性连月氏王都为之侧目。

宴会过后，冒顿拦住了月白。

"又见面了。"冒顿似笑了笑，眼中有精光闪动，"不过真可惜啊，你不是挛鞮人。"

月白也定定地看了他一眼，眼底闪过纷乱情绪，突然沉声说道："我也正想找你们，上次一起除妖，为何你们背着我独吞赏金？"

"哈哈，是吗？那可能是我师父摩炎所为吧。当初在朔方城，若是我们知道……"冒顿言未尽，就收了声，笑容看似坦率，眼中却藏着一丝难以觉察的忌惮，"若是有机会，还真想找你切磋一番。"

"随时恭候。"

说是这般，冒顿却并未来找他。这一个多月，月白一直都在潜心修炼，直至挛鞮王头曼率先撕毁合约，派兵急攻月氏边境，一举侵入月氏国腹地，急报传入王庭时，前线早已失守，月氏王震怒，当即就下令诛杀质子冒顿。

只是前往质子府的黑骑军却扑了空，冒顿先一步骑着一匹神驹飞驰逃往了挛鞮。月氏王又连夜派出了一批又一批杀手，只是冒顿不仅身怀异术，身边又有摩炎相助，这些杀手根本就奈何不了他。

月氏王扔下手中的密报，向来和颜悦色的脸上盛满了怒意："此人必定成为我月氏族的心腹之患！"

"父王，眼下最重要的是守住边境。"赛罕王子沉吟片刻，还是请求再次出兵，"我愿率突云铁骑收复失地，还请父王成全。"他已经是月氏的太子，本不应该以身犯险，何况以他在军中的威望，难免引起猜忌。

月氏王斟酌再三，最终同意了他的请求。

十二

城郊河畔，次央来向月白请辞，他打算随赛罕王子从军出征。这段时日次央一直与他切磋，又跟着赫兰与索丹学武，日日勤学苦练，早已不是当初的柔弱少年。

"你想好了？"月白眼神有点复杂，不过还是笑了笑，"军中艰苦，一切多加保重。"

赫兰倒是没有什么离别愁绪："只可惜，父王不让我跟你们一起去。不过我已托付了兄长，让他照顾一二，你到了军中，可别给我们丢脸啊。"

次央淡淡地看了她一眼，幽深的眼中看不出什么情绪。

"唉，你怎么又不理我？"赫兰嘶了一声，喃喃道，"难道我又说错话了？"

两个月后，边关再次传来急报，却是关于大王子赛罕的噩耗。原来，冒顿逃回挛鞮后，挛鞮王头曼命他统领一万兵马，对抗月氏族三万骑兵。本是敌寡我众，只是冒顿骁勇善战，一连攻破双靡、休密，并大肆屠戮了休密部落。赛罕率领突云铁骑救援时，遭到了伏击。一场血战后，突云铁骑溃败退往都密城，而赛罕王子却不知所踪。如今月氏残兵困守都密城，若是攻破了都密，冒顿将率兵直逼雍州。

急报传来后，月氏王急火攻心，当场心疾发作，昏死过去。月白被召入王宫时，赫兰双眼通红，守在月氏王身侧。侍卫总管额纳也在室中，他是王庭的护卫军统领。

月氏王脸色灰败，矍铄的双眼也黯淡了，强撑着一口气："还请……还请法师出手，救我族人于水火。我打算派出两万援军，命额纳为主将赶往前线，请你作为使者前去都密城促成和谈。"

月白思及冒顿与他身边的摩炎，答应了月氏王的请求。

走出王宫时，赫兰追了上来："萨尔！有一件事，我想拜托你。王兄下落不明，可是我不相信他就这么死了，我得留下来照顾父王，若是有机会……"

月白见她眼中似蕴着水光，垂眸轻声道："我会替你找到他的。"

离开时，他将披毛犀留了下来："让它陪着你吧。"突逢变故，王庭中恐怕也有人生出了异心。披毛犀冲他叫了一声，乌溜溜的眼中似有留恋，转身跑远了。

月白等人赶至都密城时，城中一万残兵已经困守了数日，守城的将领除了一位老将军，另外一人赫然就是次央。沉静的少年望过来的时候，已经有了肃杀与凛冽的气势。从他口中，月白得知了赛罕的下落。

"三年前，是赛罕率军踏平了我部族，父亲和族长他们都被杀了，族人四散奔逃，流离失所。我在逃亡途中被挲鞬骑兵所俘，沦为奴隶。杀父之仇不共戴天，我这些年来受过的所有的苦，都是只为在等报仇的那一天，只是我还没来得及动手，他就……"次央的眸光随昏黄的火光跳跃，眼底凝聚着化不开的情绪。他不是没有想过要为族人复仇，只是面对处处关照他的赛罕，一次又一次错失了时机。最后关头，也是赛罕带人与冒顿死战，命他率领骑兵突围，折返都密城。赛罕以一己之力，为剩下的一万残兵争取了片刻的喘息，而他也借此逃过一劫。

月白带着侍从前往敌军营帐时，冒顿竟然很是热情地招待了他。为促成两族和谈，月氏愿退守靖边，将原先的净乐、临泉等领地归还挛鞮，并送上若干牛羊马匹和珠宝黄金，只愿两族重修旧好。两人将和谈细则又商谈了近半日，还是未达成共识，冒顿对他所侵占的双靡部落势在必得，而月氏却不可能答应他这一过分的要求。

"若能归还双靡城，其他条件我们可以再谈。"

冒顿却笑了笑："不如今日就到这里，我已经派人备下筵席，还请使者不要推辞。"

他们俩饮酒的时候，冒顿突然问他："若是这次和谈失败，使者又当如何？"

月白眼神微暗，一丝极危险的感觉袭上他的心头，他盯着冒顿："不知道，但我不会再放任你屠戮我族人。"

冒顿却意味不明地笑了："是吗？"他眼中似笼了黑雾，令人看不透情绪。

月白并没有留在敌军营帐，他带着几名侍从打算返回都密城，与其他人再商议和谈之事。只是入夜后星月无光，月白在途中遇到了一只讹兽，通体流动着雪白光晕，姿态优美，容色姣魅。不远处还站着一道熟悉的人影，那个人一袭藏黑色的长袍，那双眼瞳如死水，格外阴森诡谲——

165

正是摩炎。

狂风呼啸而过，原野间风雨将至。

十三

"神……神兽？"有人喃喃出声。

空灵的梵音传来，宛若安魂的天籁，讹兽轻盈地跃起，从他们身边绕过，回旋着跃上了虚空。它所经之处，灵光流转，光点宛若泡沫般变大，将月白等人笼在其中，飞向了苍穹。

遭逢制造噩梦的讹兽，几乎是必死的结局。

那首安魂曲却令月白最后清醒过来，催眠本该令他无知无觉地沉入黑渊，但他感到了一丝熟悉与冷静。一丝灵力拖着他，月白从高空砸入了河中，被萨拉乌苏的流水覆盖，这一刻他的灵魂也似与水灵交融了，灵魂有那么一瞬震颤。水流疯狂涌入了他的喉咙，他却感受不到将要窒息的疼痛，只觉得水浸润了他的灵魂，这一刻他才觉出身体的负荷，咕咚咕咚地咽下河水。等他缓过气来，才觉出一点不对，在深幽的水底，他似乎嗅到了一丝血腥的气息，一股不祥的预感爬上了他的心尖。

不知过去几时，月白才好不容易从幻梦中逃了出来，他回到月氏境内，找遍了所有部族。这时本该辉煌一时的月氏部族，境内却尸横遍野，草原上再也没有了曾经繁盛的景象，只有一派荒凉与肃杀。

他从逃亡的族人口中得知，现在已经是半个多月后了。而半个月前，月氏王庭则发生了巨变。月氏王临终传位于赫兰，命她成为月氏下一任女王，激起了不少反对之声。而冒顿却再次单方面撕毁了和约，率军一举攻破了都密城，直逼雍州，王军四散溃逃，月氏国一朝覆灭。月氏族败后一分为二，月氏女王赫兰携族人南下，而三王子却带着支持他的亲信与军队逃往了西境，并昭告草原各部自立为王。

三日后，月白再次寻到赫兰时，他们正被挛鞮骑兵追杀，索丹战死，其他人已经陷入了绝境。冒顿下令对月氏族赶尽杀绝，这些骑兵一路烧杀抢掠，成为月氏人的噩梦。月白出手救下了他们，干脆利落地将追兵解决了。披毛犀率先冲了过来，一下跃入了他的怀里，这只灵兽似乎有点疲惫，只哼哧了两声就不动了。

赫兰见到他，抹了一把染血的脸，眼中有微光亮起："萨尔，你没事……真是太好了。"

一路上他们又救了不少逃亡的族人，只不过他们可以面对追杀，月氏族人却需要妥善安置。

"我们去哪儿？"

月白遥遥望了一眼天际，那是他熟悉的方向："去一个没有杀戮的地方。"

他带领月氏残部一路沿着萨拉乌苏河往南，定居在了河套人曾经的遗址，也是他熟悉的故土。在这里他曾经和月氏部落一起渡过了漫长的岁月，时过境迁，再一次回到故土，那些远古的记忆却随着时光变得遥远了。不过，就算经历了数万年，这条河流还是在永无止境地流淌，宛如历史永无止息地往前推进。

十四

两年后。

冒顿鸣镝弑父后自立为王，率领匈奴骑兵东灭东胡，南吞楼烦，又征服了北方的浑庚、屈射等国，一手建立起了强大的匈奴帝国。凡是不臣服于挛鞮族的部族政权，都会遭到灭顶之灾，无辜的族人要么被杀光，要么沦为奴隶。

而挛鞮国内的玄罗门也借此成为北部的圣宗，吸纳了无数狂热的门徒，甚至供奉了一尊黑石雕像为圣灵，大肆抓捕在战乱中沦为奴隶的各族人。

"什么圣灵，我看是恶鬼还差不多！"赫兰听了那些逃难流民传出的消息，眼底透出冷色，"那些被他们抓捕的人，恐怕早就遭了毒手。"

这样熟悉的手段，令月白越发确定了："他们供奉的应该是邪灵。"只有邪灵，才需要制造无限的杀戮。

"这几天还有不少探子出没，我们一定要小心。"

"不用担心，我都已经部署好了。"

两人又沿着河走了一段，这点惬意的时光并不长，就像夕阳的余晖也沉了下去。

直到天光渐暗，远处有篝火燃起。月白最后遥遥望了一眼部族，眼中闪过一丝决断："赫兰，我得走了。"看起来还很单薄的少年，轻轻弯了弯眼睛，有点歉意。冒顿与玄罗门相互勾结，肆意屠戮族人，更有邪灵出世残害生灵，他必须阻止他们的恶行，这是他的使命。"对不起，答应你的我做不到了。"接下来，这些族人只能由她来守护了。不过月白并不担心，因为赫兰拥有足够的勇敢与坚韧，就算没有他，她也能一直走下去。

赫兰垂眸笑了笑，睫羽微敛，遮住了闪逝的薄光，家国巨变让她成熟了不少。只听声音轻扬："嗯。你知道的，我最讨厌离别了，那这一次我也不送你了。"

天色彻底暗了下来。赫兰骑上了马驹，明艳热烈的少女，像一团火闯入他的世界，又像一团风离开。

月白走后不久，一名鬼面少年带着突云旧部也抵达了这片最后的净土，在之后漫长的岁月中，与她一同守护月氏，并融合了草原各部残余的族群，成为连匈奴也不可撼动的一股势力，这也是后世流传的小月氏。

这就是当赫兰再次遇到次央时衍生出的另外一段故事。

十五

玄罗门内。

摩炎睁开了墨绿的双瞳，邪异的眸色令他冷肃的面孔也添了一丝鬼魅。

冒顿走了进来，对此见怪不怪："圣尊，我们的人还是没有找到纯灵之体。"没有灵体寄生，摩炎现在的这副躯体很快就会承受不住爆裂，只有纯灵之体才是最好的修炼容器。

"不用找了，我已经找到了。"摩炎的声音像是从腹腔中传出来的，模糊而粗哑。

冒顿笑了笑："那就恭喜圣尊了。"

"你下去吧。"一股黑气沿着冒顿的身躯钻入他的后脑，她走时却似毫无觉察。那双墨绿的双瞳盯着虚空，诡异得像是黑洞："终于……来了。"

月白带着披毛犀走进了玄罗门，当他看见摩炎这只老怪物出来的时候，一眼就看出了寄生在其中的邪灵。他手中的剑嗡嗡嘶鸣，唰地冲出了剑鞘，直冲摩炎而去，却被对手掌中的魂力绞成了几截。四处是奔来的徒众，半空中乱窜的灵气与魂力裹缠在一起，不时砸出一道道深坑裂痕。

那几乎是必死的一战，即使他苦修了两年多，还是感到了一丝无法僭越的沟壑。从体内喷涌出的灵气在他周身汇成了无数银白光刃，被他抬手指向摩炎，光速冲向了那道人影，摩炎手握法杖，随手挥开了源源袭来的银刃，金戈相击之声贯穿耳膜。

银光闪逝如流星，月白趁势侵身向前，掌心灌入炽白的灵力，结成一道法印，打在了摩炎身上，透着繁复银纹的光弧穿过了摩炎的躯体，一团黑影从炸碎的皮骨中钻了出来，墨绿色的双瞳像是两颗散着绿光的珠子，黑雾凝成了一道嶙峋瘦长的人形。

一柄法杖直冲月白胸膛而来，在他闪退的一瞬，化作了两三柄，其中一道如闪电从背后穿过了他的胸口，披毛犀高高跃起，张开巨口想要撕扯那道黑色人影，却被散开的黑雾缠住。其中一团黑雾从月白的胸口侵入，不止侵占了他的躯体，还渗入了他的灵体，神魂被钻入体内的邪灵化身疯狂地挤压吸噬，痛意贯穿脑髓，刺穿灵魂。

邪异的精神攻击令他再一次陷入了绝境。这时，披毛犀突然上前，替他挡住了黑影的一记重杀，但灵兽自己却血肉翻飞，被另一团黑雾笼住后撕成了碎片。月白此时的灵核像被绞碎了似的，裂开了丝丝缕缕的纹路。

雨珠扑簌簌地从天际滚落，银龙划破长空，点亮了漆黑的长夜，璀璨的流光将黑气冲散。气海一阵翻涌，从体内疯狂外涌的血，将他的双眼也染成了赤红，黑雾侵蚀着他的灵魂，连丝丝缕缕的神魂之力也被吸食抽走。

月白的双眼不可抑制地瞪大，灵核彻底碎裂了，最后一刻铺天盖地的绝望笼罩了他。像是漫长的静寂，又像是一瞬。月白脑海中闪过纷乱的画面，一帧帧地快速滑动。从现世、远古到月氏古国，还有回溯中庞杂的记忆，构成了属于他的人间轮回。

要结束了吗……或许是突破了神魂所能承受的极限，上古的记忆开始复苏，他最后又看到了萨拉乌苏长河，从混沌初开起，静静流淌的河流，生生不息，永无止境。

原来这条河流，就是他的本源，也是他最后的归宿。也是这一瞬，他才恍然明白，他的本体，其实就是萨拉乌苏河的化身。他的神魂诞生于此，只要这条河流还在，他的生命就不会消亡。识海中磅礴的神力再一次波动，从他体内倾泻狂涌，将侵入他灵魂的黑雾一点点吞没、反噬，眼见着黑影的躯体在惊愕与狂怒中消失得无影无踪。被污染的神魂绽出最后的光晕，绚烂的银光笼罩了他。

黑雾与银光消融，魂力与灵力交织，他的身体承受不住两股力量的撕扯碰撞，碎成了漫天光点，神魂却感到了前所未有的安宁。他能感觉到，生命又到了尽头，只不过这一次，或许是新生……

他濒死时突破了境界的那一丝神魂，注入了那一颗遗落的月魂石。虚空中，月魂石陡然绽放了无与伦比的瑰丽光芒。无数银色光点跨越了时空的界限，被神魂之力牵引，从不同的碎片世界穿梭而来，源源不断地汇入萨拉乌苏河，浩繁的星光被河水吸附，宛若一曲传唱千年的史诗赞歌，那是他散落在不同时空的神魂碎片。

凝聚的神魂之力铸成了一团灵体，银光流转过，缓缓化作了一道少年的身影，那双琥珀色的瞳孔睁开时，犹如从亘古长夜中挣脱出来，超脱了时间轮回，流动着湛然的神光。

那是诞生于上古时代的河神，萨拉乌苏之神。

卷三 源起

一

上古时期，萨拉乌苏河畔。

千万年间，河水慢慢流淌，汲取了天地日月之精华，不知何时就生出了意识，那一团微弱的意识体随着流水日复一日回旋涤荡，集结自然之灵气，留下了生命的足迹，意识体生出了神识，化作了一团灵光。被路过的北方神禺京捉到时，那缕银光就如水滴绕在他指尖。禺京的指尖轻轻一点，一股神力泄出，它就忽地冲破了混沌。新诞生的河神，化作了人形，沐浴在如水月光里，禺京也有点讶异。

新生的神灵还不会说话。禺京细细聆听了片刻，冷淡地舒展了一下眉眼，唇边漾起一丝笑纹："就叫你月白吧。"

禺京那双空泛的双眸，好似看透了月白的灵魂，也似穿透了时光与岁月，显得极为神秘而深邃。他的身影淡化至消失，月白只来得及触到一缕银光。

月白一开始并不知事，终日游荡于山川大泽之间，汲取日月精华修炼，累了就会睡一觉，只不过睡醒又是几个轮回了。

一日，他睡醒后，听说境内有一只邪灵作乱，不仅兴风作浪，残害生灵，更是以祭祀之名搜集生魂为他修炼，为了举行人祭，它逼迫人类送上了不少无辜的冤魂。

为了逃脱残忍的人祭，被选中的祭品跃入了河中，灼灼炎焰烫得河水直冒热气，月白被烫得吱哇乱叫，实在忍不了，一口气将人吐了出去。

月白化作了一缕银光绕着那个少年。这人生得实在奇异，天生异瞳，一黑一金的眼瞳流光溢彩，眼周上却有一块似蛇鳞的皮肤，似被烈焰烧灼过，身上却没有留下任何烧伤。明明那火焰，连他都觉得炽热难忍。

"鬼吗？"少年的异瞳好奇地盯着他，胆子意外的大。

"那你是人吗？"月白也忍不住问了，一般他都只吓唬吓唬那些胆小鬼的。比起他，这人才长得比较像鬼吧，好丑。

"呃……可能是吧，也可能不是。"少年想了想，"他们都喊我'小怪物'。"

"你没有名字吗？"

"你可以叫我烛光，老树精是这么叫我的。"

烟灰如絮，月白感受到了风中的灼气，惊得叫起来："怎么着火了？"

"是我烧的。"少年有点得意地翘起嘴角，眼底跳跃着兴奋与灼热的光，显得异常天真与邪恶。他嘴巴一张，竟吐出了一团炽焰："是不是很好看？"

月白气得跳脚，一巴掌呼上了他的脑袋："我会蒸发的！"

人族又挑选了新的祭品送上去，十几个少男少女瑟瑟发抖地缩在一起，眼底满是惊恐与怖惧。

月白与烛光也混入其中，等到邪灵现身的那一刻，他瞬间就冲了出去。本来他一个人对付这只邪灵不在话下，没想到烛光横插了一脚，他不怕死地冲上来，一团灼焰冲散了他的水灵之力。

月白气急败坏地喊："别捣乱！"

奈何他们实在相冲，烛光两次偷袭，灵火没招呼到邪灵身上，月白的头发却被烧焦了。激战中，一股银光冲过来，黑影侧身躲过，本是争取先机的好机会，烛光还要吐气，呼哧一声，只冒出了一点火星，没了……邪灵反手一掌轰出去，烛光就被撞飞了。

他们俩没有半点默契，差点让这只邪灵逃了。没了烛光，月白就轻松多了，他不费吹灰之力，便将那只道行还不深的邪灵镇压住了。

从这以后，月白就被烛光这小子给赖上了，若是月白装死不理他，烛光就能将萨拉乌苏的河水搅得天翻地覆。这条河是他的本源，他就算是想躲也没处躲。

"你教我法术吧！"

"不会。"

"你可是神仙啊，怎么可能不会？"

"你不知道吗？神仙的法力是天生的。"

"啊？"烛光蔫了一整天。

月白望着他黯然失落的眼眸，也有点心虚了。

"你想要修炼，也不是没有办法。"

"不过，你要听我的……"

二

一只灵鸟飞来，叽叽喳喳地跟月白聊天。

北方神禺京突破了神尊境界，宴请四海诸神，他法力高强又对月白有点化之恩，或许月白也应该去一趟北海聊表祝贺之意。

烛光这段时日沉迷修炼，其修为一日千里，连月白都有点惊异，他就没见过这般有天赋的凡人。不过，他也不一定是人类。

月白陪他练了一会儿，他们本源相克，即使烛光的灵力微薄，但是他不要命的打法也颇为难缠……月白一掌将他拍开："你说，我送什么贺礼比较合适呢？"

"贺礼？"

月白皱着脸："我总不能两手空空地去祝贺吧？"

"那你想要什么样的贺礼？"

"总得拿得出手才行。"月白想了想问他，"我们这有什么奇珍异兽吗？"

烛光眼珠转了转："不然你把山中的人参精拔出来？"

月白一脸无奈："不好吧，他老人家都一大把年纪了，还是留着他吧。"

烛光望了一眼远处山脚下成群的野牛羊，忽地眼前一亮："我知道送什么了！这个地方有一只灵兽时常出没，我去上山的时候见过一眼。"

那只披毛犀就这样被他们俩盯上了，不过这只灵兽异常的凶猛狂躁，烛光靠近的时候，它张口就吐出一团金光，两只角也冲着他戳过去。

月白手掌往前一拍，一道银光罩隔开了他们。

披毛犀往后退了几步，有点忌惮地望着他。月白也不怕它，直接走了过去，摸了摸他金棕色的长毛："你不记得了吗，你我前生来世都会分不开的。"混沌初开，他还是一团意识，吸纳灵气修炼的时候，这只披毛犀曾经蹭过他的灵气，开了蒙智，因此才成为灵兽。

"哞？"金光一闪，披毛犀从巨兽变成了一只小家伙。

抵达北海已经是两个月后，禺京上神的水吟宫就在深海中。深海幽晦无光，只有水吟宫灿如明珠，遥遥望过去，碧瓦朱甍，层楼叠榭，极尽繁奢与端贵，宫殿楼宇一眼望不到头。

宴会中神仙云集，偌大的中庭热闹非凡。月白喝了两口仙露，眼睛都眯了起来，腿上却被蹭了蹭，他低头一看，披毛犀仰头"哞哞"地叫了两声。

月白眼睛微睁，不是把它送出去了吗？他将灵兽抱了起来，对上它无辜的双瞳："算了，等会儿再送。"

只不过这一等，就再也没送出去。

他光顾着吃吃喝喝了，一不留神披毛犀又溜了，月白只能追上去。正在我追你跑时，他们前头有个人形迹非常可疑，七拐八弯，潜入了一处偏僻的殿宇禁地。灵光一闪，月白也跟随他闯入了禁地。他躲在后头，只见那人挥手分开水波，手中凝起黑雾，水波中繁复的咒印扭曲了一瞬，持久的侵蚀下，灵光一散，露出了藏在水纹中的一颗月魂石。

"谁？"

月白气息微乱，闪身躲过一团挥过来的魂力，是混入北海的邪灵！

这个化作人形的邪灵，运用无孔不入的魂力毫不费力地侵入了他的灵体，邪异力量绞碎了他的识海，令他遍体生寒。被那双全黑的瞳孔盯住时，他神魂微颤，瞳孔也瞬间放大到了极致。这只邪灵到底是什么来头？一股强大的威压争先恐后地挤压过来，毁天灭地的精神能量冲破了黑气。

这时，禺京从虚空中浮现出了身形，他双手轻轻一挥，那只邪灵便被浩瀚的光波冲散。禺京将其收入一串小银铃中，并把它挂在了腰间。那悦耳的铃声吸引得披毛犀不知从哪跑过来，摇头摆尾一步不离他的左右。禺京走过去看了一眼月白，他已经昏死了过去，似是煞气入体，神魂受损。

等月白醒来的时候，已经是两天后了，从禺京口中得知，那只邪灵竟是从灵墟之中跑出来的。传说灵墟是灵界入口。天地初开，神界、灵界、人界孕育而生，三界共存，只是诞生于灵界的邪灵生出祸心，妄图颠覆三界，灵界由此被洪荒时代的神明封印。自洪荒后灵界就被镇压了，没想到竟又死灰复燃了。

月白是稀里糊涂地被禺京收为亲传弟子的。他跟着禺京修炼了三日有余，终于剔除了灵体中如影随形的煞气。因为禺京从前那一丝神力，他得以成神，所以他们的灵力是一脉相承的，运转时也格外的顺畅。

那日禺京收回灵气，垂眸看了他一眼，忽地问他："你我同根同源，看来是天意如此。日后你我肯定会有不解之缘，你可愿拜我为师？"月白不明所以，恍惚中点了点头。

这一点头，他就被迫困在北海苦修了几百年，直到被放出来，还有点摸不着边际。其实禺京也并不严苛冷酷，命他闭关苦修也不过随口一提，只是他就算是语气冷淡的征询，月白也不敢拒绝。

三

三百年后，九州怨灵四起，灵界再兴波澜。

月白再次返回萨拉乌苏河时，已经不是原先的小神了。而烛光，也不是原来的烛光了。

"你是谁？"月白一脸惊悚地盯着眼前俊朗邪气的青年，还有点怀疑自己的眼睛。烛光头上长出一对黑色犄角，蛇鳞早已消失，露出了俊眉靓眼，唯一不变的就是那对异瞳。披毛犀低吼着上前，对他又蹭又闻。看惯了他的鬼脸，月白极其不适应，还有点羡慕和嫉妒，什么时候他也能变得这么霸气威武啊？

"你这是……龙角吧？龙族？"他眼神微闪，烛光该不会是神龙转世吧？

不过三百多年，烛光就已达化神境界。他闭关修炼数百年，也快被烛光追上来了。月白郁闷至极……

北境最近时有妖邪作乱，传言将有邪神出世。月白也想历练一番，收到灵鸟传来的讯息后，他便与烛光一起赶往了北境。

还未步入北境，他们就遇上了嚣水中的蛇龟。这蛇龟就是一座巨大的岛屿，月白他们经过大泽时歇了歇脚，还以为岛屿上会有什么奇珍异兽，没想到只有黑漆漆的丛野，连水源都是黑色汁液。他们惊动了万年蛇龟，这庞然大物浮出水面，伸出巨长的蛇头追过来，地动山摇。

月白被吓得连滚带爬，最后还是烛光化龙，带着他们飞离了蛇龟岛。只是烛光还未逃脱，蛇龟就伸出了黑线般的蛇头袭来，朝着他们喷出了毒液。烛龙嘶吼一声，从低空中急急躲过，月白的五脏六腑被颠得错了位，好在最后烛光左躲右闪寻到间隙飞远了。

月白回到岸上后还一阵天旋地转，披毛犀却从他怀里跳了出来："哞？"

月白朝不远处瞥了一眼，脸色骤变："烛光？"只见烛光浑身肤色泛紫，灵力自行运转，一口毒血却喷了出来。是那万年蛇龟的毒液！

月白倾尽全力，也只护住了他的心脉。毒液渗入血脉，不能逼出，就只有寻求解毒的法子了。月白将他送入北境，这才得知自蛇龟苏醒后，就搅扰得当地部落惶惶不可终日，族人只以为是水中巨蛇作祟，却不知是一只蛇龟。

月白留下披毛犀照看烛光，独身赶往了涿光山。他曾听禹京说过，涿光山上生有葶苎仙草，是一味神药，可解百毒，只能姑且一试了。

只是抵达涿光山后，他并没寻到仙草。

四

　　夜间瘴气越发浓重，月白不愿离去。直至浓稠的毒瘴侵入他体内，月白还毫无所觉，整个人就栽倒了下去。

　　再睁眼的时候，月白对上了两只直勾勾地盯着他的血红眼珠……他支住手肘赶紧往后爬，"鬼啊！"

　　少女扯住了他的腿，将他拖了回来，她饶有兴味地盯着惊恐的月白："你跑什么？"她歪了歪头，似是思索了一会儿，"我不吃人的。"她摸了摸肚子，大眼睛很亮，眼神却很吓人，"不饿的话。"

　　这是一只山魅，不知道在涿光山中待了多少岁月，月白初见就觉得她长得不似人，不管是血红的瞳孔，还是妖异精美的长相，以及海藻一样杂乱的长发。

　　他虚弱地扯出一丝笑："就是饿也不能吃人啊，人不好吃。更何况我不是人……"

　　"咦，不是人，那你是什么？"

　　他晃了晃脑袋，算了，想不起来了。

　　山魅盯着他的表情有点危险，或许在她看来，他的肉很美味。

　　"我……我给你烤肉吃吧？"月白显然也读懂了山魅的表情，不知道为什么，他觉得自己的烤肉技术应该很不错。他眼底闪过一丝恍惚，又变得焦灼，还是得赶紧找到葶苎仙草。

他只记得自己好像是部族里最年轻的巫师，为了寻找传说中的仙草而来，以解救他的族人，而葶苎仙草可以起死回生。只不过涿光山凶险，他被一只妖兽追杀，误打误撞又闯进了毒瘴中，妖兽被这只化作浓雾的山魅给生吞活剥了，皮毛骨头被吐了一地，至于他，却是被舔着血化形的少女生生吓晕的。

月白被山魅目不转睛地盯着，觉得自己又要晕过去了，他这是被当成塞牙缝的了吧？事实证明，他的烤肉确实征服了山魅，虽然填不饱山魅无底洞一般的胃。好在山魅虽然馋他，但是更馋美味。

他与山魅在涿光山中生活了一段时日，在她的庇佑下才知道瘴林的凶险，不论是伺机而动的蛇虫鼠蚁，还是五彩斑斓的花草植株，分分钟都可以要了他的小命。

山魅对他充满好奇，也不介意跟他一起胡乱闲逛，只不过是在他被食人花吞进去的时候将他揪出来，又在他走入蛇窟时好心将他从蛇群中送出来。

涿光山中除了这一只山魅外，还有一只成精的夜魈，两者互为冤家仇敌。半夜趁着山魅陷入沉眠，夜魈将月白给掳走了。月白本是极具天赋的巫师，他暗中窥伺了许久，就是想要他体内的灵核。

就在他要沦为夜魈的腹中餐时，山魅循着气味找了过来。这只化形不久的山魅还不是夜魃的对手，平日里也尽量绕着他走，这次却是狠了心要救人，少女露出了狰狞的爪牙和非人的面目，跟夜魃缠斗在一起的时候格外的狠辣和凶残。

月白的胸口破了一个血洞，差点被夜魃一爪捅穿，灵核被夜魃先一步吞噬入腹，只留有一点微弱的生息，只能微微睁眼瞧着极其癫狂与暴虐的少女。

眼见山魅被夜魃扼住了咽喉，源源的精气被夜魃吸食，他眼眶充血，低低嘶吼了一声，银光流动汇入他心脏。他掌心运起强悍灵力，化作万千风刃，又卷起无数枝叶缠绕困住夜魃，而山魅也不顾身上的伤势，一爪穿透了夜魃的腹腔。她运起灵力吸食着夜魃的内丹化为己用，一开始夜魃还濒死挣扎，连月白都险些脱手，最后怪物终于无力反抗，迅速枯萎衰竭了，只剩下一层皮骨委顿在地。

月白松手后也没什么力气了，他看了遍体鳞伤的山魅一眼："你……不会有事吧？"

山魅脸色煞白，撑着一口气摇了摇头，他见少女被利爪割伤，皮肉外翻的脸，那双眼睛还是一样的明亮璀璨，却不似初见时的纯粹了，反而蕴含着说不出的情愫。

月白不知为何，感觉有点动容，又有点说不出的感觉。他又瞥了一眼胸口，血洞不见了，灵核却还在体内运转，好似自动复原了。

月白安分了两天又带着山魅攀高远眺，只不过站在巨树树梢，只能看到一望无际的灌木丛。他有点泄气了，怎么也找不到传说中的葶苎仙草，渐渐地他心底也有了几分焦躁与急迫。

夜晚他们又待在篝火边，虽然跟山魅一起待在这也挺开心的，但是他不可能永远留下来。他将山魅杂乱的长发用细藤给缠了起来，用细藤编成的发环尾端又绑上了一只月牙形状的白色原石。

山魅摸了摸头发尾端的月牙石，眼睛盯着闪烁不定的焰火，一副若有所思的模样，月白有点无奈地开口："山魅，我们该告别了。"

山魅又直勾勾地盯着月白了："好呀，我可以带你找到葶苎仙草，只不过你救活族人后要留下来。"

"为什么？"

"我喜欢你呀，我想一直跟你在一起。"

月白沉默了一会儿："不可以，我不能答应你。"

山魅有点疑惑，还有点气闷和委屈："为什么？我们在一起不是很开心吗？"

月白的目光又带了点纵容，不管是山魅欺负他还是戏耍他的时候，都是这样的神情。

他的眼神又很冷静："你喜欢的不是我，而是那位年轻的巫师。而我，并不是他。"他是为了替烛光寻得葶苎

190

仙草而来，并不是什么巫师，那只是自己精神错乱之时的幻想。

"你……"山魅对上月白的眼神，失神了一会儿，忽地露出了一丝笑，带着点邪恶，"你发现了呀？"她话音刚落，就见风静止了，夜间流萤也不动了，万物都化作了流沙消散，而月白眼前白光愈亮。他睁开眼睛，爬了起来，发现夜晚已经过去了，天光变亮，雾气也散开了。

"你跟他很像。"

原来这只是山魅制造了一场梦境，梦中处处透着诡异，月白身在其中，被替换了身份与记忆，以为他就是那个年轻的巫师。月白一开始并没有觉察，后来只是觉得山魅的眼神，透过他看着的，也许是另一个人。

他手心躺着一株葶苎仙草，是山魅消失前留下来的，只是涿光山间再也寻不到她的踪迹了，也许是沉眠，也许是再次入梦。

五

月白将仙露送入了烛光口中。柔和的光晕流转，烛光乌黑发紫的肤色缓缓恢复了正常。好在还算及时，仙草解了他体内的毒。

他们拿那只蛇龟没办法，最后只能寻到了瑶山花神，请求她调制了一味香薰，令蛇龟再次陷入长眠。

后来他们终于寻到了灵墟的遗址。那是他们在追踪一只屠戮人类的邪灵时，不慎误入了上古传说中灵界的入口，烛光率先冲了上去，月白也从裂缝中钻进了灵界，他们俩从虚空落入了酆泉，这是通往灵界的一条黑水河，他们被卷入了旋涡，传送到了不同的地界。

失散后，月白落入了虚幽界，这里没有日月轮转，只有一片混沌虚无，无数的灵体相互吞噬蚕食，充斥着血腥杀戮。

月白遭到了灵界的疯狂残杀，在无穷无尽的杀戮中差点丧失了神智。好在还有他的灵兽披毛犀陪着他，这只灵兽似乎是邪灵的克星，让他一次又一次死里逃生。

在灵界的几百年他又提升至玄神之境，只是他并没有找到烛光，而是遇上了一只恶灵，自称摩耶圣主，统治着虚幽界。他与摩耶进行了一场死战后，虚幽界被他们劈开了一条裂缝，他寻到了灵墟裂缝逃出了灵界，只是神魂也遭受了重创。他九死一生闯了出来，而烛光却不知所踪。

转眼又是三百年。他一直在寻找烛光的踪迹，只是遍寻神灵两界，再也没有见过烛光。

邪神出世时，灵界也突破了上古封印。

那一日，天地都被笼上了一层阴影。无数邪灵涌出，三界陷入了无止境的杀戮。灵界有祸乱三界之心，率先攻上了神界，在神灵两界大战中，他再次见到了烛光那张熟悉的面孔。只不过彼时他堕为邪神，那双血瞳望过来的时候，没有丝毫情感，像是血色旋涡，只是一眼，就令人陷入狂乱与疯癫的幻象。

月白站在禺京身旁，灵魂也被彻骨的冷意冻结。黑色的火焰烧灼着神魂，月白也似魔怔了一般，死死盯着毁天灭地的魔龙，神力疯狂涌动，杀意倾泻而出，即使神魂快被撕碎与绞烂，他也感觉不到了。

不是他，他根本就不是烛光。那个人即使脾气暴、心眼小，可是他的灵魂赤忱，怎么可能堕为邪神，只能是邪神侵占了他的身体，吞噬了他的灵魂。

暴躁的魔龙乱舞，邪灵倾巢而出，天地浩劫也不过如此。

最后一刻，诸神合力再次启动了从洪荒时代流传下来的往生咒印，企图将邪神封印，月白耗尽了神魂之力，被狂乱的魔龙波及，元神碎裂卷入了时空乱流。

禺京只来得及拢住月白的一丝残魂，向来淡漠的脸上也出现了一丝怔忪。为修复他的神魂，禺京只能动用神界的月魂石，于秘境中化作神秘人指引他勘破人间轮回，在萨拉乌苏的流水中亲历命中劫数。只有收集他的神魂碎片，寻得他的本源之力，超脱于轮回之外，他才能再次飞升成神，这是他的劫数，也是他的机缘。

此后又是数万年。

历经几世，月白终于在一次又一次时空转换中逆转命运，重聚神魂再次返回神界……

图书在版编目（CIP）数据

秘境·萨拉乌苏 / 三万信著. —上海：上海三联
书店，2022.9
　　ISBN 978-7-5426-7856-0

　　Ⅰ.①秘… Ⅱ.①三… Ⅲ.①长篇小说－中国－当代
Ⅳ.① I247.5

　　中国版本图书馆 CIP 数据核字（2022）第 159906 号

秘境·萨拉乌苏

著　　　者 / 三万信

责任编辑 / 王　建

特约编辑 / 张兰坡

装帧设计 / 鹏飞艺术

监　　制 / 姚　军

出版发行 / 上海三联书店

　　　　　（200030）中国上海市漕溪北路331号A座6楼

邮购电话 / 021-22895540

印　　刷 / 天津丰富彩艺印刷有限公司

版　　次 / 2022年9月第1版

印　　次 / 2022年9月第1次印刷

开　　本 / 640×960　1/16

字　　数 / 116千字

印　　张 / 13

ISBN 978-7-5426-7856-0/Ⅰ·1783

定　价：59.80元